騎士皇子は聖職者に溺愛を捧ぐ

松幸かほ

幻冬舎ルチル文庫

CONTENTS ✦目次✦

騎士皇子は聖職者に溺愛を捧ぐ

✦カバーデザイン＝久保宏夏(omochi design)
✦ブックデザイン＝まるか工房

イラスト・鈴倉 温✦

騎士皇子は聖職者に溺愛を捧ぐ

1

聖堂内の厳《おごそ》かな空気の中、司祭の声が響く。

「今、この時をもち神に立てたる誓いの通り、二人を夫婦と認める。命ある限り、互いが慈《いつく》しみあい、尊重しあい、愛のもと共に生きられますことを」

その言葉に二人は恭《うやうや》しく頷《うなず》く。

一人は黒髪で長身の男。そしてその傍らにいるのは濃い茶色の髪をした、黒髪の男よりは僅《わず》かに背は低いものの、充分にしっかりとした成人男子だった。

アールステット帝国を中心に多くの信仰者を抱えるアルステュル聖教は、大陸に複数存在する宗教の中で、唯一《ゆいいつ》同性婚を認めている。

そのため、同性同士の結婚は、多いと言うわけではないが珍しいということもない。同性夫婦の存在は、少数ではあるが「一つの夫婦の形」として、アルステュル教徒の中では受け入れられていた。

とはいえ、少数派であるということでやはり遠慮のようなものがあるのか、ほとんどの同性婚の夫婦は、二人だけ、もしくは家族だけ、もっとも信頼できる人だけ、というような少人数での結婚式を挙げる。

「お二人が常に幸せと共にあられますように」

結婚式の助手を務めていたイリスは、聖堂の外まで二人を送りだした。

イリスの言葉に二人は、はにかむように笑みながら頷き、ありがとうございます、と言い、並んで帰っていく。

その後ろ姿を見やってから、イリスは聖堂内に戻った。

司祭は祭壇の前で跪《ひざまず》き、祈りを捧げているところだったが、イリスが戻ってきた気配に振りかえってゆっくりと立ち上がった。

「イリス、急に手伝いを頼んですみませんでしたね」

三十手前くらいだろう司祭は、この聖堂を取り仕切っている。

アルステュル聖教の聖地とアールステット帝国の帝都は同じ場所である。元々アルステュル聖教の敬虔《けいけん》な信者を中心にできたのがアールステットであり、それがやがて巨大な帝国となったのだ。

この聖堂は、その聖地の敷地内にある第三聖堂だ。

第一から第三までの聖堂を合わせて大聖堂と呼ばれているが、基本的に身分で入ることのできる聖堂が分けられる、ということはない。

単純に、祭祀《さいし》の規模や、警備のしやすさによって使い分けられているだけだ。

『神の御前においては、人の作った身分など無意味』

それが教えの一つでもあった。

「いえ、午前中は特別な用事が入っているわけではありませんでしたから」

今日の婚儀を手伝うはずだった者が急な熱で寝込んでしまったため、急遽《きゅうきょ》イリスが手伝いを頼まれたのである。

「確か午後からは、第二皇子の……」

「はい。お生まれになった皇女様の洗礼式のお手伝いを」

イリスが答えると、司祭は頷いた。

「イリスなら司教様も安心して儀式を執り行えるでしょう」

「それならばよいのですが、後でもう一度手順をおさらいしておきます」

そんなイリスに、相変わらずまじめですね、と司祭は微笑《ほほえ》んだ。

イリスは二年前からここに研修に来ている、修道士である。出身は隣国のラーゲルレーブであり、ラーゲルレーブ王国の第五王子でもあった。

とはいえ、『神の御前においては、人の作った身分など無意味』という教えの通り、イリスは他の修道士と変わりなくここで研修を受けているし、イリスが王族であることを知っているのは教皇と大司教だけで他の者は知らない。

教えがあるとはいえ、他の修道士が気後れしたり、下働きをさせるのをためらう指導者が出る可能性もあるからだ。

教皇はもちろん、大司教とも普段は接する機会がないため、イリスはここでは純粋に「隣国からの研修生」として扱われている。

それが、イリスにとっては心地がよかった。


午後になり、洗礼式のため第二聖堂を第二皇子家族が訪れた。

出迎えに出たのは、今回の式を執り行う司教と先輩修道士だ。イリスは控室で準備を整えて待っていた。

ややすると控室に第二皇子家族が入ってきた。第二皇子のフレデリクは明るい金色の髪と明るい水色の瞳を持ち、妃《きさき》のリーサは落ち着いた明るいブラウンの髪と鮮やかな緑の瞳をしていた。

二人の間に生まれた息子のコンラードは髪はフレデリクと同じ金色、そして瞳はリーサと同じ緑だ。生まれたばかりの皇女は、眠っているので目の色は分からないが髪色は母親譲りらしいのが分かる。

彼らが入って来るのを、イリスや他に控えていた修道士たちが頭を下げて迎え入れる。

神殿の準備はすでにできているが、その前にここで一度休んでもらってから、という流れになっていた。

入ってきた四人が準備されていたテーブルに腰を下ろすのを感じながらイリスはお茶の準備を始める。

だが、準備された茶器は五つ。一人、まだ来ていないようだ。

「もう一人いらっしゃるご予定だとお伺いしておりましたが」

イリスが問うと、フレデリクが、

「ああ、弟が来る予定なんだけど、昨夜魔獣討伐に呼び出されて、まだ戻ってないんだ。少し遅れるけれど、向こうはもう発《た》ったらしいから、到着を待つことにするよ」

と説明する。

アールステット帝国皇帝には三人の皇子と二人の皇女がいる。皇女二人はすでに隣国に嫁いでおり、三人の皇子のうち上二人は妻帯していた。

唯一の独身である第三皇子のクリストフェルは勇猛な騎士として知られ、各地に出没する魔獣の討伐に駆りだされていた。

「でも、おじうえなら、まじゅうをかんたんにやっつけちゃうんでしょ?」

コンラードが目をキラキラさせてフレデリクに聞く。

「簡単かどうかは分からないけれど、無事に退治したみたいだよ」

フレデリクが返した。

魔獣——それは、文字通り魔界のものの血を引く獣である。

かつて、世界は今よりももっと多くの小さな国々に分かれていた。領土を奪い合う戦乱が続く中、とある国の術師が魔族を呼び出し、戦《いくさ》に勝利した。

しかし魔族は人の手で御《ぎょ》せる存在ではなく、契約した術師が亡くなるとその国を乗っ取り我がものとした。

魔界から多種多様な自分の仲間を呼び出し、そのうちの数種が人界の獣と交わり生まれたのが魔獣だ。

人界の獣とは比べ物にならない獰猛《どうもう》さと生命力を持ち、人や家畜を襲う。

魔に属するものであるため、魔法を使える術師たちが様々な結界を使って侵入を防ごうとしてはいるが、それとて万能ではない。

結界の弱い部分を狙って侵入してくるものは後を絶たないのだ。

「ぼくもおおきくなったら、おじうえみたいに、けんをもってたたかうの」

にこにこしながらコンラードが言う。

「勉強もしなくては駄目よ。強いだけでは立派な騎士にはなれませんからね」

すかさず母親であるリーサが言う。

仲のいい親子の会話を聞きながら、イリスはお茶を出し、第三皇子の到着を他の修道士と共に控えて待っていたが、ふっと気がつくとコンラードが控室からいなくなっていた。

「大人《おとな》しくしているからと気を抜いたら、これだ……」

ため息交じりにフレデリクが言う。どうやら日常茶飯事らしい。

先輩の修道士がちらっとイリスに目配せをし、イリスはそれに頷いてそっと控室を出た。

そしてコンラードを探しに行く。

子供にとって、教会という場所は基本的に退屈な場所だろう。

見たところコンラードは四、五歳だった。

好奇心の赴くまま、いろいろなことをしたい年頃なら、尚《なお》のことじっと待っていることなどできない。

――警護の騎士も随行しているから、騎士が配置されている方向に向かわれたなら、彼らが連れ戻してくれるだろう。

ならば騎士が配置されていない場所から探した方がいい。

まずは聖堂の中だ。聖堂の中は複雑に入り組んでいるとはいえ、聖職者以外が立ち入ることのできるエリアは限られている。

だが、どこにもその姿はなかった。

それならば外、第二聖堂と第三聖堂の間の庭だろう。

比較的広い庭だが、花壇の前で熱心に何かを見ているコンラードがいた。花を見ているというよりは虫か何かがいるのだろう。

「コンラード皇子」

声をかけるとコンラードはハッとした顔でイリスを見て、急いで立ち上がると走り出した。

「あ！　皇子！」

思わずイリスは追いかける。

だが、コンラードは追いかけられるのが楽しいのか、あはは、と笑いながら逃げていく。

その様子に、イリスは足を止めて追いかけるのをやめると、くるりと背を向けて第二聖堂と第三聖堂をつなぐ回廊へと向かう。そして柱の陰に姿を隠した。

追いかけられるのを楽しんでいるのなら、追いかけるのをやめれば、つまらなくなって逃げるのをやめる。

そして、なぜ追いかけてこないのか気になって様子を探りに来る可能性が高い。

そのイリスの思惑通り、駆けて近づいてくる小さな足音が聞こえてきた。そしてその足音の主が回廊に足を踏み入れた瞬間、柱の陰で待ち構えていたイリスはコンラードの腕を摑《つか》んで、それから強引に抱きあげた。

「はい、捕まえました」

そう言うと、コンラードは、

「ずるーい！」

抗議するように言ったが、

「ずるいのではなく、作戦です。……退屈だとは思いますが、妹君の大事な日ですから、兄君として妹君が幸せでいられるように、お祈りしてあげてくださいね」

イリスは静かな口調でコンラードに言う。

コンラードはじっとイリスの顔を見ていたが、

「おにいさんの、め。すごくきれい……」

視線をはずすことなく、言った。

イリスの瞳の色は、珍しい方だ。

瞳孔《どうこう》の周囲が黄色がかったオレンジでその外側が明るい青色だ。母も同じ瞳をしていたらしいが、母のことをイリスは覚えていない。

イリスが二歳の時に亡くなったからだ。

「ほうせきみたい……」

ストレートに褒め言葉を重ねてくるコンラードに、

「ありがとうございます。皇子様も、とても鮮やかな美しい緑の瞳をなさっていますよ」

微笑みながら言って、コンラードを下ろすと、手をつないで控室に向かった。

控室に到着すると、

「あ、おじうえ！」

コンラードはイリスとつないでいた手を離し、到着していた第三皇子のクリストフェルへと駆け寄って行った。

クリストフェルは足に飛び付いたコンラードの頭を軽く撫《な》でてから、軽々と抱き上げた。

フレデリクよりも色素の薄い金色の髪と、灰色がかった水色の瞳。

市井《しせい》の噂《うわさ》で様々な武勇伝を聞いていたので、いかにも武人、といった感じの筋骨隆々《りゅうりゅう》なタイプをイメージしていたが、フレデリクよりはしっかりした体型ではあるが、想像よりは細身だった。

「コンラード、大聖堂では大人しくすると約束しただろう」

呆《あき》れた様子で言うクリストフェルにコンラードは、

「せんれいしきのときには、おとなしくするってやくそくしたんだよ。せんれいしきのときは、ちゃんとおとなしくするもん。それにおじうえがおそいから、たいくつになっちゃったんだよ」

しっかり言葉を訂正して、遅れてきたことを咎《とが》める。

それにクリストフェルは返す言葉を失う。

「五歳児に負けてどうする」

笑いながらフレデリクは言い、それからイリスに視線を向けた。

「もうしばらく待って戻って来ないようなら、クリストフェルを放つつもりだったけど、思った以上に早く連れ戻してくれたね。ありがとう」

礼を言われ、イリスは恭しく頭を下げる。

コンラードはにこにこしながら、

「つかまっちゃった！」

悪びれた様子は一切なさそうに言う。

無事全員が揃《そろ》い、それから間もなく第二聖堂へと移動した。

ややすると司教が姿を見せ、洗礼式が始まる。

今回の儀式の主な手伝いを任されたのはイリスだ。

洗礼式には最も伝統的で正式なものから、簡易的なものまで、四つのパターンがある。今回は皇族の式ということで最も伝統的な形で行われ、イリスの研修には丁度いいからと抜擢《ばってき》されたのだ。

その儀式の中、ふと視線を感じ目をやるとクリストフェルと目が合った。イリスはそれに軽く目礼だけして、儀式の進行に戻る。

滞りなく洗礼式が終了し、再び控室へと戻る。

今度は司教も一緒だ。

第二皇子家族と参列したクリストフェルに向けた祝福の言葉を改めて言い、そこから軽い懇親会めいたものが始まる。

「コンラード皇子は随分と大きくなられましたね」

目を細める司教に、フレデリクが頷く。

「コンラードの洗礼式も司教様に行っていただいて、おかげでこの通り元気です」

「コンラードのように元気に成長してくれるとよいのですけど、やんちゃなところは、できれば似ないで欲しいものですわ」

リーサが笑って続ける。それにコンラードは知らんぷりだ。

「今日の皇女様は、洗礼式の間、大人しくされておりましたね」

司教が言うのに、フレデリクは苦笑いした。

「コンラードは、泣きどおしでしたからね」

そう言ってから、イリスへと視線をやった。

「彼は、その時にはいなかったと思うんだけど」

確かに、今日助手を務めたイリス以外の修道士はコンラードの時にも助手を務めている。

新たに加わったのはイリスだけだ。

洗礼式にいた助手まで覚えているのか、と思うとイリスは驚いたが、司教は静かに、

「二年前より、ラーゲルレーブから研修のために来ている修道士です」

と言ってイリスを見た。それにイリスは頭を下げ、

「イリスと申します」

下の名前だけを名乗る。

ここでは、ファーストネームしか名乗らないのが普通だ。

神の前では人の作った序列――いわゆる家柄など――は無関係とされているからだ。

「優秀な研修生で、国に戻れば王宮聖堂に仕えることが決まっております。王族の洗礼式などもこれから行うことになりますゆえ、今回助手として」

「ラーゲルレーブから。隣国とはいえ、遠くから大変だね」

労《ねぎら》ってくるフレデリクの言葉に、

「皆様によくしていただいておりますし、聖地での研修はアルステュル聖教に携わる者としては憧れでしたので」

遠いことは否定はしないが、道中の大変さを補って余りあることを伝える。

実際、聖地にあり、教皇のいる大聖堂での研修は、なかなか許可されるものではない。

イリスの返事に満足したのか、フレデリクは頷き、司教は目を細める。

それからしばらく話が続いた後、一行は帰っていった。

第二聖堂の入り口まで送りだした後、控室の片付けに戻ろうとしたイリスを、司教は呼びとめた。

「今日は、大変よくできました。最も伝統的な式となると手順も多く、慣れた者でも時には戸惑うこともあるものですが、迷いなくよく進められましたね」

「先輩の皆様に、何度か予行をしていただいたおかげです」

イリスの返事に司教は満足そうに頷きながら、自室へと戻っていく。その後ろ姿に一度頭を下げてから、イリスは控室の片付けに戻った。

とはいえ、すでに他の助手の修道士たちによって部屋は片付けられていて、イリスは最後の確認だけをすると与えられている自分の部屋に戻った。

大聖堂と隣接する敷地に建てられた簡素な、飾り気のない建物がいくつかある。そこが大聖堂に仕える聖職者の住居だ。

その外観と同じく、建物の中も簡素で、与えられている部屋もベッドと小ぶりな机があるだけだが、窓から見える大聖堂は絵のように美しく、大好きな部屋である。

ベッドに腰を下ろして、一息ついてから洗礼式のことを思い返す。

「……噂には聞いてたけど、仲のいい普通の家族って感じだったなぁ……」

アルステット皇帝一家は、正妃と第二妃の関係も良好で、それぞれの子供たちも母親が違うということなど特に気にした様子もなく睦《むつ》まじく暮らしているともっぱらの噂だった。

その噂がたとえ話半分だとしても、第二皇子と第三皇子は正妃が産んだ皇子たちなので、仲がいいのは当然かもしれないが、イリスの故郷であるラーゲルレーブでは同母兄弟であっても、競争心が強かった。

イリスは王家に生まれたものの、物ごころがついた時には自分の側《そば》には乳母《うば》しかいなかった。

ラーゲルレーブ王にとっては八番目の子供であり、王子としては五番目。

とはいえ、イリスの母親はラーゲルレーブ王の正妃だった。

ラーゲルレーブの北東にあったテオレル王国の王女であり、祖国滅亡の憂《う》き目《め》にあった悲劇の王女だ。

テオレルの北に、ヴォーレルという国がある。ヴォーレルこそがかつて、魔族を呼び出し戦に勝利し、その後魔族に乗っ取られたその国だった。

ヴォーレルには魔族の血を引く者が住み、境界を接する国々は対応に苦慮していた。テオレルもその中の国の一つだ。

小競り合い程度の戦は日常茶飯事ではあったものの、ある時、ヴォーレルがテオレルに一《いっ》斉《せい》攻撃を仕掛けてきた。

備えていたとはいえ、魔獣を操る彼らの前にテオレルはあまりに劣勢だった。

そして落城寸前、ラーゲルレーブ王によってイリスの母であるシェスティン王女は救出され、そのまま一回り年上のラーゲルレーブ王の正妃として迎えられた。

とはいえ、当時すでにラーゲルレーブ王には四人の側室がいて、正妃の座についた時には二人の王子が生まれており、側室のさらに二人が懐妊中で、そのうちの一人が第三王子を後に出産している。

すでに熾烈《しれつ》な後継者争いが始まっていて、その中、王女という血筋で正妃の座についたとはいえ、十代と若い、祖国も家族もすべてを失った後ろ盾のないシェスティンにとってラーゲルレーブでの暮らしは心地よいものではなかった。

そんな中イリスを身ごもり、出産したものの、産後の体調がなかなか戻らず、最期は風邪《かぜ》をこじらせてあっという間だったと聞いている。

シェスティンの死で、イリスの立場はかなり複雑になった。

ラーゲルレーブ王は、シェスティンの死後、正妃の座を埋めることはしなかった。

それだけシェスティンを愛していたのだという美談として語られる節もあるが、実際は四人の側室の誰を正妃につけてももめることは目に見えていたからだ。

だからこそ、シェスティンを迎える前も、正妃の座は空位だったのだ。

王子としては五番目、しかし正妃の産んだ唯一の存在となったイリスが、後継者争いに巻き込まれるのは目に見えていた。

実際、側室の妃たちからは邪険に扱われていたし、ラーゲルレーブ王も母親を亡くしたイリスを不憫《ふびん》には思っても表立って庇《かば》えば、また逆にイリスを危険な目にあわせることになる。

そのため、ただ「五番目の王子」として扱った。

それでも、イリスという存在そのものが争いの種であり、イリスは覚えていないが毒殺されかかったこともあるという。

その時はたまたま、イリスの口に毒が入る前に発覚したが、次はどんな手段を使われるか分からない。

とにかく、命だけは。

そう思った乳母は、

「王宮聖堂で、王家を守護する聖職者とすべくお育てしてはいかがでしょうか」

そう、ラーゲルレーブ王に進言した。

聖職者となるということは、俗世から離れるということだ。

そうすれば後継者争いからは離脱したことを意味する。

命を狙われる理由は次期国王の座を巡ってのものだ。

そこから離れさえすれば、命だけは守れる。

その乳母の進言を、ラーゲルレーブ王はかなり渋ったらしいが、結局は「生かす」ために承諾した。

こうしてイリスは、五歳の時に居住区を王城から王宮聖堂へと移し、神に仕える者として暮らし始めた。

聖堂での生活はイリスにとって、思いのほか快適だった。

王宮聖堂に仕える聖職者は大人ばかりで、幼いイリスを気にかけこそすれ、害をなそうなどと思うものはいなかったからだ。

むしろ、幼くして母を亡くした上、暗殺されるのを避けるためとはいえ、俗世から切り離された生活を送るイリスを憐《あわ》れむと同時に、大切に育ててくれた。

部屋も食べ物も質素なものになったが、それでも大人たちが気にかけてくれるのは嬉《うれ》しかったし、何より、他の兄弟たちからいじめられたり、彼らの母親たちから冷たい対応をされたりすることがないのが嬉しかった。

そのせいか、聖堂での生活に順応するのは早かった。

ただ、週に一度の礼拝の日に、これまでと違う列で礼拝を受けるのが最初は不思議だったし、礼拝の後、父王に話しかけようとして、周囲の者に遮られた時は、なぜ話してはいけないのか意味が分からず寂しかったが、成長するにつれて自分の微妙な立ち位置を理解した。

「……別に、殺されてもよかったんだろうけどね…」

夕焼けに彩られる聖堂を見つめながら、イリスは呟《つぶや》く。

乳母が、とにかくイリスを生かすことだけを考えて聖職者にと考えてくれたことそのものには感謝をしている。

イリスが十歳の時、体調を崩して城を辞したが、それまで王宮に下働きとして残り、時間があればイリスの側にいて、何くれとなく世話をしてくれた人だ。

けれど、イリスには、『神に仕える』という熱意が、他の聖職者よりも低い気がしてならない。

もちろん、聖職者の全てが、神の御業《みわざ》に心酔しているとは思わない。

食いつめ、少なくとも食事の心配だけはしなくていいという理由から、修道士になる者もいれば、子供の頃に口減らしのように教会に預けられ、育った者もいる。

イリスも、彼らと似たようなものだ。

その中でも、神に仕えることに喜びを見いだした者もいるが、イリスはそこまでの気持ちにはなることができなかった。

今の生活に不満があるわけではない。

聖堂の神聖な雰囲気も、人々の生活の喜びや悲しみの節目に携わることができることも、イリスは好きだ。

それなのになぜか満たされないものがある。

何が足りないのか分からないというか、足りないのは「神に仕える」という覚悟だろうと思うので、そんなことは、他の修道士――イリスと同じように感じている者はいるかもしれないが――にはもちろん司祭など上級聖職者にはなおのこと、言うことができない。

――今さら、悩んでも仕方ないことだけど。

研修期間は三年。

あと一年経《た》てば、ラーゲルレーブに戻り王宮聖堂の聖職者になる。

アルステュル聖教では、修道士はまだ人の世界に身を置くものという位置づけで、正式な聖職者というわけではない。

研修を終え、ラーゲルレーブに戻るということは、王子という身分を与えられた「人の世界」から離れ、代わりに神に仕えるものとして神の世界の人間となることを意味する。

——ちゃんと「聖職者」になれば、いろいろ考えなくても済むのかもしれない。

正妃が産んだ唯一の王子。

ラーゲルレーブ国王の第五王子。

そこから切り離され、ただの「聖職者」になれば、残された道を進む他ないのだから。

そんなことを思いながら、イリスは夕焼けに染まる大聖堂を、しばらくの間見つめていた。

2

洗礼式から一か月ほどしたある日、イリスは皇宮聖堂にいた。

皇宮聖堂は文字通り、アールステット帝国の皇宮敷地内にある聖堂である。皇宮聖堂には専属の聖職者がいて、皇宮での日常的な祭礼に関しては基本的に彼らが行っている。

しかし、大きな祭礼になると大聖堂の聖職者も招かれ、共に儀式を進めていくことになっていた。

今回は国民から深く愛されたことで知られている前皇帝妃の逝去から十年という節目にあたり、そのための祭礼を行うことになり、大聖堂から数名の聖職者——大司教を始め助祭までが十名近く、そして司祭までの聖職者一人ずつに世話役——単に荷物持ちだ——として修道士がつけられた。

その中の一人にイリスも選ばれたが、研修期間中に経験できることは全てさせてやりたいという上役聖職者の親心だろう。

荷物持ちとはいえ、アルステュル聖教の聖職者たちはよほど高齢だとか、体が悪いとかいうことでもなければ、基本的に自分の身の回りのことは自分で行う。

イリスも、ついては来たが聖職者たちが皇宮聖堂の聖職者たちと懇談をするための部屋に入ると、他の修道士と同じくすることがなくなる。

その場合どうするかといえば、儀式が行われる皇宮聖堂の見学や準備の手伝い、式次第にそった動線の確認、皇宮聖堂の修道士とちょっとした会話、くらいだが、儀式の準備はすでに終わっているし、皇宮聖堂に来るのが初めてなので会話を楽しめる知り合いもいない。

イリスができるのは動線確認と見学だけだ。

動線といっても、修道士のイリスは聖職者のように祭壇に上がるわけではなく、他の参加者のように席につくわけでもなく、聖堂の後方の壁際に立っているだけなので、入場後は適当な場所に移動で終了である。

そうなれば、見学しか時間つぶしは残っていないわけなのだが、皇宮聖堂は大聖堂ほどの大きさはないものの、装飾は素晴らしかった。

聖教の歴史を描いた絵画や彫刻の数々は毎日でも通って見たくなるほどだ。

一つずつ絵を見ていると、

「イリスどの！」

幼い声が聞こえた。そちらに目をやると洗礼式で会ったコンラードが駆けてくるのが見えた。

「コンラード皇子、お久しぶりです」

駆け寄ってきたコンラードに腰をかがめ、挨拶をすると、

「おしさしぶり！」

少し舌ったらずな口調でにこにこしながら言って、ギュッと抱きついてくる。

それに少し驚いたが自分もコンラードくらいの年の頃はまだよく乳母に抱きついていたなと思いだし、イリスはそのままコンラードを抱き上げた。

どうやらそれで正解だったらしく、コンラードは満足そうに笑いながら、

「ちちうえがね、イリスどのも、きょうのぎしきにはくるって。だからさがしにきたの」

そう説明する。

「私を探しに来てくださったんですね」

「うん！　またあいたかったから」

「名前も覚えてくださったとは、嬉しいです」

イリスが返すとコンラードは、少し照れたように笑って、ギュッとまたイリスに抱きつく。

それに可愛いな、と思っていると、

「イリス殿、お久しぶりです」

ゆっくりと近づきながら、クリストフェルが挨拶してきた。

「お久しぶりです、クリストフェル皇子」

コンラードを抱いている体勢なので、軽く頭を下げるに止《とど》めつつ挨拶を返す。クリストフェルはイリスに抱きついているコンラードの頭を撫でながら、

「イリス殿は儀式の準備をなさっているんだぞ。邪魔になるだろう」

と窘《たしな》める。

その言葉にコンラードはイリスを見て聞いた。

「イリスどの、ぼくがいるとじゃま？」

「いえ。もう準備は終わっているので、聖堂の見学をしていたところですから、大丈夫ですよ」

イリスが返事をすると、コンラードは、

「イリスどのは、いいって！」

自慢げにクリストフェルを見て言う。

クリストフェルは小さくため息をつき、唇の動きだけで『すみません』と伝えてくる。それにイリスはただ微笑み返してから、コンラードに聞いた。

「コンラード皇子は、今日の儀式が何の儀式がご存知《ぞんじ》ですか？」

「うん。えっとね、ひいおばあさまが、じゅうねんまえのきょう、おなくなりになって、てんごくのおばあさまに、みんながちゃんとげんきにしてるっていうのをおみせするひだって」

「よくご存知ですね。今日、コンラード皇子はひいおばあさまにお花を差しあげることになっていますが、練習なさいましたか？」

「うん。きのう、おとうさまやおかあさまといっしょにやったよ。おじうえも！　おろして！　イリスどのに、みせてあげる！」

その言葉にイリスはクリストフェルを見る。

「練習は何度してもかまわないだろうからな」

クリストフェルの返事にイリスはコンラードを下ろした。コンラードはイリスの手を引いて、自分が座るように指定されている祭壇に近い席に腰を下ろし、そこから立ち上がって祭壇に上って献花をする真似《まね》をしてみせる。

そして祭壇から下りると急ぎ足で戻ってきて、

「ちゃんと、できるでしょ？」

褒めて！　と言わんばかりに言ってくるのでつい頭を撫でてから、慌てて手をひっこめた。

「すみません、皇子様の頭を軽々しく……」

人の世の身分なら自分とて王族だが、ここにいる「イリス」は一介の修道士でしかない。

その身分で皇族の頭を撫でるなど不敬だ。

そう思ったのだが、

「イリス殿が気にされることはない。コンラードはまだ子供だし、何より自分から『撫でろ』と言ったようなものだからな」

クリストフェルはそう言ってからコンラードの頭を代わりに撫でる。

「イリスどののみたいに、もっとやさしくなでて」

少しふくれっ面《つら》をして、注文をつけてくる。

その様子が可愛くて、つい笑みが漏れた。

その時、聖堂内に皇宮の修道士が入ってきた。どうやらそろそろ儀式が始まるらしく、コンラードはクリストフェルに連れられ、一旦聖堂を後にした。

聖堂内のすべての蠟燭《ろうそく》に火がともされ、香が焚《た》かれる。

イリスは大聖堂から来た他の修道士たちと主に聖堂後方の壁際に立ち、儀式の開始を待った。

皇宮聖歌隊の合唱が始まり、式に参列する貴族たちが入って来る。そして皇族、皇帝妃と皇帝が続いた。

それで祭壇下の席は埋まり、それから聖職者が入場して祭壇へと上がっていく。

すべての入場が終わり、儀式が始まる。

その様子をイリスはじっと見つめる。

儀式そのものは一時間強で終わり、その後参列した貴族たちは、帰る者もいるが、大体は宮殿の庭園の散策――という名目での社交である。

「大司教様と司教様はこの後皇帝陛下との懇親会に出席されるので、私たちは先に大聖堂に戻るようにと」

儀式後、司祭たちが待機するように準備された部屋に行くと、すでに大司教と司教の姿はなく、司祭たちだけが残っていてイリスたちに言った。

大司教たちは懇親会の後、皇宮が責任を持って送ってくれるというので、イリスたちは一足先に大聖堂に帰ることにした。

そして、まだ聖堂内で片付けをしている皇宮の修道士たちに挨拶をしていると、

「イリスどの、みーつけた！」

明るいコンラードの声がした。儀式前と同じように駆け寄って来るコンラードに、

「コンラード皇子。儀式、お疲れ様でした」

労う言葉をかけると、司祭も、

「献花を、とても上手になさいましたね」

と褒める。それにコンラードは嬉しそうに笑うと、

「ちゃんと、れんしゅうしたの！」

自慢げに言ってから、

「あのね、ちちうえが、イリスどのに、いっしょにおちゃをどうですかって！」

元気に誘ってくる。

「お茶を、ですか……？」

その誘いに、イリスは戸惑った。

一介の修道士が皇族と一緒にお茶などというのは、立場的にどう考えてもしてはいけないことだろう。

そう思って断ろうとしたのだが、

「皇子自ら誘いに来てくださったのだから、イリス、お受けしなさい」

司祭が言った。

「司祭様」

他の修道士もいるのに、とイリスは戸惑うが、イリスが洗礼式で第二皇子一家と関わったことを知っているし、その時の修道士で今日ここに来たのはイリスだけなので、そのためだろうと推測してくれているらしく、彼らも一様に頷いて、行くよう促してきた。

「では、伺わせていただきます」

イリスが言うと、コンラードはぴょんっと飛び跳ねて「やった！」と言うと、イリスの手を摑んだ。

「イリスどの、いこ！」

そう言って引っ張る。それにイリスは聖堂の扉へと向かいながら、修道士たちを振りかえり軽く手を立てて「ごめんなさい」と謝る。

そんなイリスを彼らは手を振って送りだした。

聖堂の外に出るとクリストフェルが階段の下で待っていた。

「ほら、おじうえ！　ちゃんとイリスどのをつれてきたでしょう？」

鼻高々、といった様子でコンラードはイリスとともに階段を下りていく。

「ああ、よくできた」

若干棒読みで労ってから、クリストフェルはイリスを見た。

「急な誘いですまない」

「司祭様が、許可を下さいましたから、お気になさらず」

イリスが返すのに、

「そうだよ、しさいさまが、いいっていいったんだよ」

コンラードも続けて同じことを言ってから、ね、とイリスの同意を求めてくる。それにイリスが頷くと、

「では、行こうか」

そう言って、歩きだす。

イリスは相変わらずコンラードに手を引かれたまま、皇宮聖堂の敷地から皇宮の敷地へと入った。

壮麗な宮殿と美しく整えられた庭には、先程まで儀式に参列していた貴族たちがそこかしこで輪を作り話をしている。

彼らはクリストフェルとコンラードの姿に気付き、恭しく頭を下げてくるがクリストフェルはそれに視線を向けることなく進み、コンラードは見知った顔があると手を振っていた。

中には僧衣のイリスが一緒なのを不審げに見る者もいたが、大半の者はそれを表情には出さない。

貴族とは、決して腹の内を見透かされるような表情を見せることはない。

少なくとも、ラーゲルレーブではそうだった。

とはいえ、表情には出なくとも、視線からは好奇心めいたものがありありと感じられる。

——まあ、不思議だろうとは思うけど。

第三皇子と、第二皇子の息子が僧衣の者を連れて宮殿の敷地にいればおかしく思って当たり前だ。

彼らの視線を受けながら、イリスは先導されるまま、さらに奥、瀟洒《しょうしゃ》な鉄柵《てっさく》の門扉の奥へと進んだ。

その門から奥は、皇帝一家のプライベートガーデンらしく、他の貴族の姿は一切見えなかった。

そこからバラの生け垣で作られた小道を通った先に、白いガゼボがあり、その中に茶会の準備が整えられていて、フレデリクとリーサがいるのが見えた。

「ちちうえ、ははうえ、イリスどの、つれてきたよ！」

にこにこ笑顔でコンラードが報告するのに、イリスは深々と頭を下げた。

「お誘いいただきありがとうございます。厚かましく、伺わせていただきました」

「頭を上げて。急な誘いにもかかわらず、応じてもらえてありがたいよ」

笑みを含んだ声でフレデリクが言うのに、イリスはゆっくりと頭をあげた。

「どうぞ、おかけになって」

リーサが促し、それに頷くとコンラードが、

「イリスどの、ぼくのおとなりどうぞ」

と席を勧めてくれ、言われるままに腰を下ろした。

そしてもう片方の隣にはクリストフェルが座し、イリスの正面にフレデリクとリーサが座した。

すぐお茶が淹《い》れられ、茶会が始まると、

「イリスどの、これ、おいしいんだよ。あと、これ。それからこれも！」

並んだ茶菓子を次々に指差して、コンラードが勧めてくる。控えた侍女がどう致しますか、というようにイリスを見るのに、頷き、コンラードが勧めてくれるものを取り分けてもらう。

もちろん、コンラードの皿にも同じものが載せられ、

「おそろい」

嬉しそうに言ってくる。

「おそろいですね。とてもおいしそうです」

「ほんとうにおいしいよ！　たべて」

コンラードはじっとイリスを見る。「おいしい」を共有したい様子なのだが、

「コンラード、そう急《せ》かさないの」

リーサがそっと窘める。

「だって、おいしいんだもん」

コンラードは言って、自分が取り分けてもらったケーキをフォークで切り分けると口に運んで「やっぱりおいしい」と笑顔を見せる。

その様子に、イリスも同じケーキを一口、食べた。

「…本当においしいですね」

イリスが言うと、

「そうでしょう？」

やっぱり嬉しそうに返してきた。

天真爛漫《てんしんらんまん》、というのはこういうことを言うんだなと思ってコンラードを見てから、

「先日、洗礼式を終えられた皇女様は、お健やかにお過ごしでしょうか？」

この場に姿を見せていない皇女の様子を聞いた。

「ええ、おかげさまで。今はお昼寝中なんですよ」

「そうですか。よかったです」

「アリシアはね、いっぱいねて、いっぱいなくの。すごくかわいいんだよ。はやくおしゃべりしたり、おさんぽできるようになったらいいのに」

コンラードの言葉からは妹を可愛がっているのがよく伝わってきた。

――ここの兄弟たちは本当に仲がいいんだな。

フレデリクとクリストフェルも仲がよさそうだし、コンラードも妹を可愛がっている。

皇位を継ぐ皇太子のマクシミリアンは第一皇子だが、側室が産んだ皇子で――皇帝は正妃以外にもう一人、側室を設けているが、歴代皇帝から考えれば側室が一人しかいないというのは異例だ――、フレデリクより三つ年上だったはずだ。

いや、三つしか離れていないといった方がいいだろう。

三歳しか年の離れていない側室の産んだ第一皇子と、正妃の産んだ第二皇子。

第一皇子は少し体が弱いとも聞いている。

それは皇位継承者としてはマイナスな面だろう。

――揉《も》めたりしなかったのかな……。

ラーゲルレーブでは、同母の兄弟ですら、次期国王の座を狙ってそれぞれの家臣たちがギスギスしていた。

研修でアールステットに来た時にはすでに皇太子が決定した後だったが、揉めたという噂は聞かなかった。

もちろん、誰が次期皇帝になるかで貴族階級の権力構造が変わるため、それぞれの思惑から眉を顰《ひそ》める者はいるようだが、あからさまな亀裂を生むような感じではなさそうに思う。

聖職者やそれを志す修道士はそういった世間の噂などから縁遠いと思われがちだが意外と

そうでもない。

なぜなら、聖堂には「懺悔室《ざんげしつ》」がある。懺悔というほどでもない「悩み相談」も兼ねているが、そこでの話は外にはもらさないことが鉄則であるため、いろいろな話を耳にすることが多いのだ。

貴族の権力闘争が起きれば、巻き込まれるのは市井の者で、それはいろいろな形での悩みとなり、聖堂の人間の耳に入ることにもなる。

しかし、イリスが知る限りの話になるが、後継者問題に関して何か起こりそうな気配もそれがまだ火種としてくすぶっているような気配もない。

次期後継者として、皇太子の対抗馬になっただろうフレデリクからも、そんな気配は微塵《みじん》も感じなかった。

——もちろん、会うのがまだ二度目で悟られるようなら、それはそれで為政者としてはマイナスなんだけど……。

腹の内を探られても、痛いところをつかれても、平然としていなければならない。

イリスは早くに聖職者となるべく聖堂に入ったが、それでも聖職者としての勉強をしていただけではない。

時には王族の一人として——正妃の産んだ唯一の王子として、王家が主催する晩餐《ばんさん》などには参加せねばならなかったので、一通りの王族としての教育は受けた。

その時の学びの中にあったのが、それだ。

「ラーゲルレーブには行ったことがないんだけど、ここはずいぶん違うのかな」

不意に、フレデリクが聞いてきた。

「そうですね……私は、ほとんど聖堂の中で過ごしていたので、普段の街の様子などはあまり詳しくないのですが、アールステット帝国よりも北にある国ですから、冬はこちらよりも長いですね。その分、夏は幾分か涼しいのですが」

「夏！　本当に暑いですものね。去年の夏はおなかが大きかったから、馬車に揺られての長時間の移動は禁止されて夏の離宮に行けず皇宮にいたのだけれど……暑くて暑くて。風の魔法石を使って常に風が吹くようにしてもらっていたけれど、吹いてくる風が生ぬるいんだもの」

辟易《へきえき》したといった様子でリーサが言う。

「シェルはすずしかったよ！　ね、おじうえ」

コンラードがクリストフェルを見て言う。

「ああ。俺は、おまえが夜に布団を蹴《け》り落として風邪を引かないか、冷や冷やしていたが」

クリストフェルはそう言って笑う。色素の薄さや、過ぎるほどに整った顔立ち、武人らしい立ち居振る舞いもあって、どこか硬質なイメージのあるクリストフェルだが、笑うと当然かもしれないが印象が柔らかくなって、なんとなく安心した。

「シェルっていうのは、首都から見て北西にある地方でね。ラーゲルレーブは北東だから東西で言えば逆方向になるね」

フレデリクがそっと説明を加えてくれる。

「北西……海に近いんですか?」

帝国の西は海に面している。

もしかしたら、海が見えるのだろうか、と思う。

「いや、それよりはいくらか内陸になるが……馬ならシェルから日帰りできない距離ではない」

クリストフェルが言った。

「では、海は見えないんですか?」

「難しいだろうな。……海が好きなのか?」

「いえ、見たことがなくて」

ラーゲルレーブは内陸の国だ。湖はあるが、それより大きな「海」は、物語の挿絵などでしか見たことがなかった。

「ぼくも、うみはみたことない。あおくておおきいんでしょう?」

コンラードが言うのに、フレデリクが頷く。

「青くて大きくて、波があって、その水は塩辛い」

「しょっぱいの？　どうして？　だれか、おしおをまぜてるの？」

「混ぜてるとしたら、神様だろうな」

あからさまに適当と思える返事をするフレデリクに、イリスはつい笑う。

「おじうえは、ことしのなつもシェルにいくの？」

不意にコンラードが聞いた。

「遠征が入らなければ、そうするつもりだ」

「だったら、ぼくもいきたい！」

その言葉にクリストフェルは、ややうんざり、といった顔をした。

「……馬車で五日移動する間、ずっと退屈だと駄々をこねたのは誰だ？」

そう言われてコンラードは唇を尖《とが》らせる。

「五日もかかるんですね」

ラーゲルレーブの国境からここまで、馬車で七日から八日の距離だ。それを考えると国内でもそれくらいかかるというのは、結構な距離だと分かる。

「コンラードが幼い分、休憩を多く取ったからな。大人だけなら…まあそれでも四日は見た方がいいだろう」

「何もないところだよ。港からの交通路からも外れているからね。先々帝の末弟が人嫌いで、成人して公爵《こうしゃく》になるなり、そこを領地として賜《たまわ》って移り住んだんだ。公爵亡き後は特定の誰かが治めることもなく、皇帝直轄領って扱いになってる。……まあ、自然が豊かな、言葉を選ばずに言えばド田舎《いなか》だね」

苦笑するフレデリクに、

「むしがたくさんいて、すごいの」

目を輝かせてコンラードは言う。

「まあ、子供にとっては天国みたいなところかな」

フレデリクがそう言って笑い、

「私は無理だわ……、虫は、だめ…」

ささやかに眉根を寄せて、リーサは頭を横に振る。

その時、そっと一人の従者がクリストフェルのもとにやってきた。

「ルンデル侯爵《こうしゃく》と御令嬢がおかえりになるので、殿下にご挨拶をしたいとおっしゃっておいでですが、如何《いか》が致しましょうか」

そっと用件を告げる。

「如何致しましょう？　断れる相手であれば、おまえが断っているだろう」

クリストフェルはため息交じりに言って、そっとイリスを見る。

「少し、失礼する」

そう言って、従者と一緒に席を離れた。

「……さあ、今回はどの程度で話を切り上げて帰って来られるかな」

懐中時計を取り出し、フレデリクが笑いながら言う。

「十五分もすればお戻りになるんじゃなくて？」

リーサがお茶を口にしながら言う。

「そんな短時間で戻って来られるかな？　馬車寄せまで送ることになったら、その倍はかかると思うよ」

フレデリクが、おもしろそうに言う。

「有力貴族が多く集まる中で、馬車寄せまで送ったりはしないわ」

そう返して意味ありげにリーサは笑う。

ルンデル侯爵は、帝国の実力者の一人だ。一人娘の令嬢を掌中《しょうちゅう》の珠《たま》のように大切にしていて、その一人娘は社交界の中心人物の一人だ。

イリスはその一人娘のハンナを、一度だけ見たことがある。

去年、大聖堂である貴族の結婚式が行われた時の参列者の一人だった。

目の色までは分からないが、黒髪の美女だった。年の頃は、おそらく二十歳《はたち》そこそこ、イリスと変わらないくらいだろう。

フレデリクとリーサのやりとりから察するに、どうやらクリストフェルと侯爵令嬢は、何か関係があるらしい。

——確か、クリストフェル皇子はフレデリク皇子の二つ年下だから……二十五歳か。

イリスは頭の中で簡単な計算をする。

令嬢の正確な年齢は分からないが、クリストフェルの結婚相手としても問題ない年齢に思える。

——侯爵家なら、家柄として問題ないんだろうし……。

そんなことを考えながら、ラーゲルレーブの話を——イリスが知っている街の様子は本当にごくわずかだが——をしていると、クリストフェルが戻ってきた。

「二十分か……」

「馬車寄せまでは送らずにすんだのね？」

フレデリクが時計で時間を確認し、リーサが笑いながら問う。

「ああ。挨拶をして、それで戻って来たが、途中でマクシミリアンに捕まった」

クリストフェルの返事に、フレデリクは、おや？　といったような顔をした。

「皇太子なのに、ホスト役を放棄して逃げ出したのか？」

「そのようだぞ。部屋に戻ったら従者に連れ戻されるから、俺の部屋に逃げ込ませてくれと頼まれた。断ったが鍵《かぎ》はかけていないと言っておいた」

「なんだかんだ言っておまえはマクシミリアンに甘いな」

二人からすれば異母兄、しかも側室腹の皇太子という、イリスから考えれば心中穏やかではない存在の気がするが、彼ともやはり仲がいいらしいのが分かる。

「断っても、どうせ勝手に入って寝てるだろう、あいつは」

気安い口調で皇太子のことを話題にすることからも、仲の良さは察せた。

「こうたいしさまは、やさしいんだよ。でも、ときどき、おかぜをひくの」

コンラードが説明してくる。

「確か、病がちなお方だと」

控えめに聞いてみると、

「季節の変わり目に風邪をひく程度で病がちも何も…とは思うんだけどね。まあ子供のころはそれなりに風邪を長引かせていたからその印象で未《いま》だに『病弱』なんて言われてるみたいだけれど、当の本人はそれを逆手に上手《うま》く公務をサボる程度に神経は太いよ」

笑いながらフレデリクは言い、クリストフェルとリーサは笑った。

アールステット帝国は、ラーゲルレーブよりはるかに大きな国だ。その帝国の後継者争いは権謀術数《けんぼうじゅつすう》渦巻く世界なのだろうかと思っていたが、今のところ、イリスのその予測は外れていた。

それを思えば、ラーゲルレーブで後継者の座を巡って兄弟たちが争っている様は何と滑稽かと思うし、決め切れない父王に関しても、少し思うところがある。

「皇太子殿下が、お噂で想像していたよりもお元気な方のようなので、よかったです」

イリスは控えめにそう言って、そのままとりとめもなく和やかに話は続き、茶会が終わったのはそれから三十分ほど過ぎてからのことだった。

大聖堂まで、来る時と先に帰った司祭や修道士は皇宮が馬車を出してくれたが、イリス一人のためにそれを願い出るつもりもなかったし、そもそも大聖堂までは歩ける距離だ。大きな荷物があるわけでもないので、当然、一人で歩いて帰るつもりをしていたのだが、

「イリス殿、大聖堂までお送りしよう」

プライベートガーデンとを隔てる鉄柵の門扉のところで、フレデリクたちと同じく別れたはずのクリストフェルが、後ろから追いかけてきて、そう言った。

「クリストフェル皇子……、お気遣いありがとうございます。でも、大丈夫ですよ、大聖堂まで歩いても知れていますし」

そこそこ高齢の大司教や司教は馬車での移動でありがたい限りだったが、まだ若いイリスにとっては苦になる距離でもない。

「こちらから誘って、お一人で、しかも徒歩で帰すなど。送らせてくれ」

クリストフェルの言葉に、イリスは悩む。

一介の修道士が皇族に送られる、などというのは正直、ありえない気がする。

「皇子が乗られる馬車となると、少なくとも四頭立ての立派なものになるかと思うのですが……それに乗るのはいささか気が引けますので」

「では、歩いて送ろう」

「一人で大丈夫です。むしろ、大聖堂から皇子お一人で帰っていただくことになるのが問題かと」

高貴な身分のクリストフェルが一人で出歩くことのほうがよほど問題だとイリスは思うのだが、

「まだ陽の高い時刻だ。騎士の俺を襲おうとするような輩《やから》はさすがにいない」

どうあっても「送る」ことをあきらめるつもりはないらしい。

これ以上断るとかえって失礼になってしまうので、イリスは、

「では、お言葉に甘えます」

そう言ってクリストフェルに送ってもらうことにした。

とはいえ、大聖堂まで、話が弾むというわけでもなく、むしろクリストフェルが足を止めるほどではないが、街行く人々に挨拶をされてはそれに応えるのに忙しい、といった様子だ。

結局あまり話すこともなく大聖堂の前に到着し、そこで改めて茶会の礼と送ってくれたことへの礼を言って別れ、イリスは大聖堂の中に入った。

クリストフェルに送ってもらったことはどうやら見られていたらしく、数名の修道士から聞かれたが、事情を説明すると、

「皇族の皆様は優しい方ばかりだからな」

と、納得した様子だった。

納得できてしまうほどに、彼らは『優しい』という印象が浸透しているのだろう。

——ラーゲルレーブとは大違いだ……。

そんなことを思いながら、イリスは部屋に戻った。

◆◇◆

数日後、イリスは第三聖堂の清掃当番に当たっていた。

大聖堂にある三つの聖堂のうち、一番人の出入りが多いのは第三聖堂だ。人の出入りが多い分、埃《ほこり》などもたまりやすいので、一日に三度、点検を兼ねて掃除をすることになっている。

もちろんそれ以外でも、全員が聖堂内に入るたびに汚れた場所はないか、油の切れたランプはないかなど確認するので、大きなゴミが落ちていたりすることは滅多にない。

精々《せいぜい》、落ち葉や花びらが風で舞い込んでくる程度だ。

イリスが第三聖堂に入ると、入り口近くの席に二人、そして祭壇近くの席に一人、祈りを捧げている人の姿が見えた。

誰もが自由に入り、祈りを捧げられるようになっているので、大して珍しい光景ではない。彼らの祈りを妨げないようにしながらイリスは聖堂内を照らすランプの油が充分に入っているかどうか確認を始めた。

一般的に灯《あか》りに使うのはランプや蠟燭だ。皇宮などでは魔導師たちが作る魔法石を使うが希少であり、一般市民が購入できるような値段のものではない。

値が張るだけあって、魔宝石を使えば夜の室内でも真昼のような明るさになる。ラーゲルレーブの王城でも使われていた。

もちろん、幼くして聖堂に入ったイリスの生活はランプと蠟燭がほとんどだったが。

後方の席の右側の壁から順番にランプの油を確認し、祭壇に近い席まで来た時、

「イリス殿」

聞いたことのある声で名を呼ばれて顔を向けると、祭壇に近い席にクリストフェルが座っていた。

「クリストフェル皇子」

第三聖堂には多くの民が気軽に祈りを捧げに来るため、特に気にしてもいなかったイリスは、まさかと言っていい相手に出会って驚く。

「先日は、わざわざ送っていただきありがとうございました」

急いでこの前の礼を言う。

「いや…、ラーゲルレーブから学びに来ているイリス殿に何かあっては、預かっているこちらの面目《めんぼく》が立たないからな」

「今日は、どうかなさったんですか？　わざわざ祈りに？」

ただ祈りを捧げるだけなら皇宮内の聖堂でも充分なはずだ。

それをわざわざここに来たというのは、特別な何か——聖教に定められた聖日などではないので、個人的な理由だろう——があるのだろうかと思って聞いたのだが、

「たまたま近くを通ったので立ち寄った」

と、特に意味はない様子だった。

「そうでしたか。何か心配事でもおありかと思いました。…よかったです」

イリスが微笑んで返した時、

「ああ、イリス。ここにいましたか」

司祭の一人がイリスの姿を見つけて声を掛け、クリストフェルがいるのを見ると恭しく頭を下げた。

「これは、クリストフェル皇子。討伐祈願ですか」

「今日は立ち寄っただけだ」

その返事に納得したように頷いてから、司祭はイリスに視線を向けた。

「イリス、買い物を頼まれてもらえませんか。こちらの品を」

そう言ってメモを渡してくる。

「分かりました。こちらの点検が終わり次第、行ってまいります」

イリスがメモを受け取りながら返事をすると、

「では、俺も共に行こう」

クリストフェルがそんなことを言い出した。

「いえ、一人でも大丈夫です」

特別に重い物があるわけでもないし、皇子を買い物につきあわせるなど恐れ多くて断ろうとしたのだが、

「ああ、それがいいですね。ついでにお茶でも飲んでゆっくりしていらっしゃい。イリスは買い物を任せても、本当に買い物だけで戻ってきて……真面目《まじめ》な態度は、他の修道士の手本とも言えるものではありますが、息抜きも大事ですよ」

司祭が言外にクリストフェルの同行を認めてしまう。

「ですが」

「研修に来て二年、個人的な外出が一切ないのも、気がかりでしたから」

司祭の言葉通り、イリスは個人的な外出をしたことがない。

他の修道士は、それぞれに与えられた休日には街に出たり郊外に出かけたりしていたが、

イリスは聖堂の自室で本を読んでいた。

ラーゲルレーブにいた時も、王子という身分と子供だったということもあって、外出するには誰か供をつけなくてはならなかった。

だがイリスの専属従者はおらず、誰かに頼まねばならない。わざわざ自分のために時間を割いて来てもらうことになる。

王宮内での自分の立場を考えれば、頼むと迷惑をかけそうな気がして、ほとんど外出することなく過ごしていたので、ここに来てからは気がねなく出かけてもよかったのだろうが、特に用もないので出かけないままだった。

イリスにしてみれば外出する用事がないので、休日は部屋でのんびり過ごしていたにすぎないのだが、気にされていたらしい。

「では、買い物ついでに少し散策をしよう。俺の案内でよければだが」

クリストフェルにそう言われてしまえば断ることができず、イリスはよろしくお願いしますと言うしかなかった。

もちろん、嫌なわけではないのだが、クリストフェルは気軽にそういったことに誘ったりしていい相手ではないので、気後れするのだ。

とりあえず聖堂内の点検を済ませ、それからイリスはクリストフェルと共に頼まれた買い物をしに、市場に出かけた。

買い物自体はすぐに終わった。今日すぐに必要なものではなく、明日の朝までに準備ができていればいいものだったので、買い物の後はクリストフェルに街を案内された。

市場は幾つかのエリアに分かれていて、食材が売られているエリアには雑多な食堂やバル、雑貨店が軒を連ね、裏手は住宅街だ。

そのエリアを抜けると旅人の宿泊施設と食材エリアよりはもう少しこじゃれた感じの飲食店が並び、通り一本を隔てた先は、もう庶民の市場エリアの範疇《はんちゅう》ではなく、豪商や貴族が出入りする店が並ぶエリアになっている。

クリストフェルの案内なので、貴族たちの出入りする店のエリアにでも連れて行かれるのだろうかと思っていたが、意外にもクリストフェルがイリスを案内したのは、食材エリアだった。

「この店は薬草が豊富だ。珍しい薬草も取り扱っている」

だの、

「刃物ならこの店がいい。値段は他の店よりも多少張るが、値段以上の切れ味だし、長く使える」

と、庶民の店のことまでよく知っていた。

どうやらここに来ることは多いらしく、この前、大聖堂まで送ってもらった時と同様に人々が敬意と親しみを持ってクリストフェルに挨拶をしてきた。

「やあ、皇子。今日は何をご覧に？」

中にはこんな気軽な感じで声をかけてくる者もいて、さすがに無礼ではないかとイリスは冷や冷やしたが、クリストフェルは気にした様子もない。

「今日は修道士殿に街の案内だ。何か困ったことは起きてないか？」

「ええ、おかげさまで、荷物も滞りなく到着するようになりましたし」

「それはよかった」

気軽に言葉を交わし、そのまま別れていく。

――ラーゲルレーブじゃ考えられない……。

ふっと故国を思い出す。

ラーゲルレーブの兄弟、姉妹たちは街に出た時でも、その態度は王族然としていた。

街に出かけることは滅多になかったイリスだが、大きな祭礼の時は城下町にある聖堂で儀式が行われ、そこに王族が参列する形だった。

聖堂での儀式の後は、イリスも他の兄弟、姉妹たちも祭りで遊んで構わないと許可が出ていたので、その時だけはイリスも祭りの出店や大道芸を楽しんだ。

街の人たちは、祭りを楽しむ他の兄弟たちを敬《うやま》う態度を見せていたが、その底にあるのは親しみではなく恐れに近いものだった。

なぜなら彼らの態度は、下手をすれば横暴に映りかねないもので、不興を買えば罰を受けるため少しのことなら我慢しようと思っている様子に見えた。

王族の不興を買えば、市井の者はその場で切り殺されても不思議ではない。

それが脅しではないと誰もが感じているのが、ラーゲルレーブにおける「王族」の認識だったように思う。

もちろん、イリスの知る限りでは、父王が無用な処罰を与えたというようなことは聞いてはいないし、国が荒れていた二代、三代前の記憶が語り継がれてのことだろうとは思う。

だが、街の人たちがその記憶に縛られているのをいいことに、王族たちが胡坐《あぐら》をかいているように、イリスの目には見えた。

——まあ、兄弟同士でも追い落としあうのが普通な人たちだから……。

イリスがそんなことをつらつら考えていると、クリストフェルは一軒の店の前で足を止めた。

素朴な店構えの食堂だった。

「ここでお茶でもどうだろうか」

「あ、はい」

イリスが返事をするとクリストフェルは店内に足を踏み入れた。

テーブル席が五つほど、そして奥にはカウンターがあり、カウンターの中の作りつけの棚には酒瓶がずらりと並んでいた。

今はカウンター席には誰もいないが、夜には酒目当ての客が多いのだろう。

クリストフェルは慣れた様子で、店の少し奥のテーブルへと足を向かわせると、イリスのためにイスを引いた。

「イリス殿、こちらに」

「あ…、ありがとうございます」

まさかエスコートされるとは思っていなかったので、戸惑いながら座る。

クリストフェルはイリスの向かいに腰を下ろし、メニューが記された紙をイリスに差し出した。

「この時間だから、あまり重い物を食べると夕食に差し支えるかもしれないな」

クリストフェルはそう言って懐中時計を取りだすと、イリスに時間を見せた。

午後三時を回った頃で、夕食の時間を考えれば、あまりいろいろと食べない方がいい。

「そうですね、ではお茶だけいただいて」

「エルメルの実の入った焼き菓子がこの店は有名だ。それを一緒に頼むといい」

「エルメルの実?」

聞き慣れない名前にイリスが首を傾《かし》げると、

「帝国の南の地域で採れる果実で、苺《いちご》ほど甘くはなく、さわやかな酸味がある。それを干したものを入れた焼き菓子だ」

「…では、それを」

イリスが頼むものを決めると、クリストフェルが控えていた店の女将《おかみ》に視線をやった。それを受けて女将はテーブル近くに来ると、

「あら、修道士さんだったのね。皇子がやけに綺麗《きれい》な人と座ってると思って、てっきり修道女さんでお気に召した方ができたのかと思ったけれど」

驚いた顔をしながらイリスを見て言った。

アルステュル聖教では、神に仕える者は性別を問わない。とはいえ、様々な問題から施設は別だし、纏《まと》う服も少し違う。遠目には分からないが、修道女は襟元《えりもと》に縫いとりを入れるのが習慣だ。

その縫いとりがないので修道士だと分かったのだろう。

「さすがに神と張りあう勇気はないな」

気軽に声をかけてきた女将に、クリストフェルは笑って返す。

「まあ、ルンデル侯爵のお姫様は嫉妬《しっと》深そうなお方ですし、ヘタにお気に召すような方を作らないほうが賢明でしょうけどねぇ」

その女将の言葉に、

「なぜそこでルンデル侯爵令嬢なんだ?」

クリストフェルが怪訝《けげん》な顔で女将に聞いた。

「少し前から、噂ですよ。皇子と侯爵令嬢が婚約間近だって」

「挨拶をしただけで婚約間近の噂になるのか……。ではここで共にお茶を飲むイリス殿とは、明日には駆け落ちするらしいと噂になるな」

笑って言うクリストフェルに女将は笑った。

「違いありませんねぇ。逃避行の時は相談してくださいうちの荷馬車をお貸ししますよ」

「心強い」

クリストフェルはそう言ってから注文を済ませ、女将は店の奥に引っ込んだ。

「……よく、こちらにはいらっしゃるんですね」

悪い店ではないが、皇子が通うような店ではないことも事実だ。しかし二人の気の置けないやり取りを聞いていると、皇子がかなりここに来ていることが分かる。

「ああ。安くておいしいものを出してくれるからな。うちの部隊で何かあればここで食事をすることが多い。俺の配下には市井出身の者が多いから気取った会食などよりよほど喜ばれるし、俺も形式ばった食事はあまり好まない」

クリストフェルが帝国騎士団のうちの一つの部隊に所属している騎士であることはイリスも知っている。

基本的に騎士団に入団できるのは『身分の確かな者』つまるところ、爵位を持つ家柄の血筋か、豪商の出などが多い。

とはいえ、戦や魔獣の討伐で命をおとしたり、騎士として一線を退かねばならないものも多く出るため、どこの国も騎士団は門戸を開き、市井からも騎士候補を多く募ることが増えていた。

そこで一定の実力や立ち居振る舞いなどが考慮され、正式に騎士団に入団が許可されるのだ。

「それで、この辺りにもよくいらっしゃるのですね」

「ああ」

「皇族といえば、街の方々からすれば雲の上の方といった感じにとらえていたので、先日送っていただいた時も、今日も、みなさんが親しみを込めて皇子にご挨拶されて、皇子も気軽に応えていらっしゃるのを見て、素晴らしいなと思いました」

イリスの言葉にクリストフェルは、意外なことを聞いた、というような顔をした。

「皇子らしくない、とは思わないのか？」

「皇子らしさ、というものがどういったものか……。親しまれていても皇子を軽んじていらっしゃる様子ではありませんし、敬意を感じますから」

思ったままを言ったのだが、それにクリストフェルは少しイリスから視線を逸《そ》らした後、

「そうか」

短く言ってから、

「俺は、皇子というよりは武人として認識されている。入団したての頃は街の警備の任務に

もついていたから、それで俺を知っている者もここには多い」

と続けた。

「そうですね、皇子は、戦や魔獣の討伐でとても勇猛に戦われると伺っています」

皇子だから多少は功績をたたえるために誇張された部分もあるかもしれないが、たびたび討伐に駆り出されているということは戦力として大きいということだろう。

「聖職者を目指されるイリス殿にとっては、血腥《ちなまぐさ》いことこの上ないだろうが」

イリスの言葉にクリストフェルはどこか自嘲《じちょう》じみた様子で返した。

確かに、聖職者というのはそういったことから縁遠いと思われているし、彼らが剣を持ち戦うことはない。

しかし、戦があれば、戦場に向かう兵士の加護を祈り、戦勝祈願も行う。それを考えれば、自身が戦いの場に身を置かないというだけのような気もするのだ。

もっとも自分の中で明確に答えが出ていないことなので、口にすることはしないが、黙っているとクリストフェルの言葉を肯定することになる。

それは本意ではなかった。

「人同士が争うのは、大きなことでも小さなことでも、悲しみを生むとは思います」

一般論として、認めてから、

「ラーゲルレーブからこちらに来る時、魔獣に襲われた集落を通りましたが……酷い有様でした。あのような被害を生む魔獣と戦われるのかと思うと、心配です」

イリスは続けた。

「心配？」

「皇子の力を侮っているというわけではないのですが……人の何倍も力のあるものと戦うわけですから」

全壊、または半壊した家、食い散らかされた家畜の死骸。

家をなくし――家族も亡くしたのか、呆然《ぼうぜん》と道端の石に座る住民の様子を思い出した。

一匹の魔獣が蹂躙《じゅうりん》したのだと、後になって聞いた。

魔獣にもいろいろと種類はいるらしいが、少なくとも人の世界の獣とは違う。

そんな魔獣の討伐に向かっているのだから、危険でないはずがない。

「一人で戦うわけではないから……」

クリストフェルはそう言ってから、

「御心配いただき、感謝する」

イリスを真っすぐに見た。

クリストフェルの灰色がかった薄い水色の瞳は、まるで氷のようだと思った。

その、過ぎるほどに整った容貌《ようぼう》も相まって「氷の貴公子」などという、陳腐《ちんぷ》な文言が脳裏に浮かんでしまうほどに。

「イリス殿は、どのくらいこちらにいらっしゃる予定だろうか」

次にクリストフェルが聞いたのは、唐突な内容に思えたのだが、

「三年の約束で、研修することを引き受けていただいて二年が過ぎたところです」

答えるのに問題のない内容だったので、返事をする。

「では、あと一年か」

クリストフェルは呟くように言ってから、

「イリス殿が国にお帰りになる時は、俺が護衛でついていこう」

そう言った。

恐らく魔獣に襲われた集落を通ったと話したので、心配してくれたのだろう。

社交辞令が含まれているにしても、気にかけてくれる優しさは嬉しかった。

「心強いです」

イリスは微笑んで返し、その後運ばれてきたお茶と茶菓子で、クリストフェルとどういうことのない会話を楽しんだ。

3

「今日もクリストフェル皇子がいらしていたぞ」

夜、居住区に戻り、夕食の時間に他の修道士がそっとイリスに声をかけた。

楽しく談笑しながらの食事というわけではないが、連絡事などもあるため、騒がしくなければ私語をうるさく指摘されることもない。

最近、イリスはクリストフェルの来訪を伝えられることが多かった。

クリストフェルと買い物に出かけてから二週間ほどが過ぎていた。

クリストフェルはほぼ毎日――聞けば買い物へ行った日の数日前から――、大聖堂に来ているらしい。

だがイリスが会ったのは、あれから二度ほどだ。

彼が聖堂に来たばかりのところと、丁度帰るところで顔を合わせ、簡単な挨拶をした。

「騎士団の方と、市場の中の店で食事をするとおっしゃっていたので、そのついでもあったりするのでしょうか？」

そんな言葉を返しながら、どうしてクリストフェルの来訪を自分に伝えてくるのか、少し不思議な気がした。

だが、洗礼式でも会ったし、その後皇宮でもお茶会で同席した後、大聖堂まで送ってもらい、そして先日は買い物まで同行してもらったのだから、親しい、と思われているのかもしれないと考えれば納得だ。

——親しいってほどじゃないんだけどな……。

他国から学びに来ている修道士ということで、気にかけてくれているのだろうとは思うが、その程度のことだ。

それでも、やはり他の修道士からすれば「名前を覚えられている」という時点で、親しいと思っているのかもしれないと思う。

そして翌日、イリスが大聖堂の庭の手入れをしていた時だった。

「イリスどの！」

自分の名前を呼ぶ幼い声と共に駆け寄ってくる足音がして、イリスがそちらに視線を向けるとコンラードが笑顔で走ってくるところだった。

「コンラード皇子」

「こんにちは、イリスどの」

にこにこしながら挨拶をしてくるコンラードに、イリスも頭を下げ、

「こんにちは、コンラード皇子。それから、クリストフェル皇子」

後からゆっくり歩み寄ってきたクリストフェルにも、あわせて挨拶をする。クリストフェ

ルは目礼で返してきた。

「今日はクリストフェル皇子と一緒に御祈りに来てくださったんですか？」

イリスが問うとコンラードは、

「あのね、おじうえがおそとにでるときにあったの。そしたら、だいせいどうにいくっていうから、イリスどのにあえるかなっておもってきたの。そしたらあえた！」

相変わらずにこにこ笑顔で伝えてくる。

「私に会いに来てくださったんですか？　ありがとうございます」

「イリスどのは、なにしてたの？」

目をキラキラさせて聞いてくる。

「余計な草を抜いて、それから終わった花殻を詰んでいたんですよ。こうすると、また下から新しい花芽がでてきて、次の花が咲くんです」

「そうなんだ！　これはなんていうおはな？」

「聖銀草《せいぎんそう》ですね」

「きれいなおはな。おしろのおにわにもあるのかな」

コンラードはそう言ってクリストフェルを振りかえる。

「皇宮の庭にはないだろうな」

聖銀草は美しい灰色がかった白い花が次々に咲く花で、根付くのは難しいのだが一度根付けば繁殖力が強すぎてはびこってしまうため、皇宮の庭師は引き抜いてしまっているだろう。

そうしなければ、庭の美しさを保てないのだ。

大聖堂の中庭はレンガで舗装されているが、元から生えていた木の周辺だけが花壇のように作ってあった。

それなら聖銀草が繁殖してもその花壇の中だけなので、大聖堂では花を楽しむために置いてある。

「なーんだ、おしろにはないんだ」

少しつまらなそうに言ってから、

「そうだ、イリスどの、またおしろにあそびにきてね！」

無邪気に誘う。

恐らく一度、皇宮で逢っているし、コンラードは自由に行き来出来るので、イリスも気軽に行ける場所だと思っているのだろう。

「お誘いありがとうございます。ですが、一介の修道士の私が、皇宮に上がることは難しく」

やんわりと断ってみたが、

「むずかしくないよ？　ちゃんと、あんないしたげるからだいじょうぶ！」

どうやら「難しい」を「道に迷う」方向に理解したらしい。

子供らしい勘違いに、イリスは苦笑する。

「コンラード、イリス殿は大事な勉強のためにこちらにいらしてるんだ。おまえの遊び相手をするためにいらっしゃるのではない。それに今も仕事をされているんだぞ」

クリストフェルが言うのに、コンラードは、

「じゃあ、ぼく、おしごとてつだう！　おわったおはなを、とったらいいの？」

そう言ってしぼんだ花に手を伸ばす。

「手が汚れてしまいますよ」

イリスが止めるが、

「あとであらうから、へいき」

と手伝い始める。そうなるとクリストフェルも……で、結局三人で花殻を摘み、それが終わってから少し話した。

主にコンラードの話を聞いていたのだが、途中で司祭がイリスを呼びに来て、そこでお別れになった。

「イリス殿は随分とお二人に好かれましたね」

皇宮にも一緒に行った司祭だったので、帰る二人をともに見送ってからイリスにそう言った。

「私が他国の者なので、親切にしてくださっているのだと思います」

イリスがそう返せば、司祭はただ微笑んだ。

幼いコンラードにしてみれば、ラーゲルレーブから来た修道士というのが珍しくて興味が

あるのだろうし、クリストフェルは市井の人達とも気軽に話をしているので、その延長線上にイリスがいるだけだろう。

そう思っていたのだが、数日後、イリスは意外な人から皇宮に呼ばれた。

第二皇子のフレデリクだ。

「迎えの方と一緒に皇宮へと」

そう司祭に言われるまま、イリスは使者と共に皇宮へと向かった。

そして、この前は入ることのなかった皇宮の中、第二皇子一家が暮らす西翼へと通された。

「イリス修道士をお連れ致しました」

使者が部屋の扉をノックし伝えると、間もなく中から扉が開けられた。従者は、使者の背後にいるイリスを確認すると、どうぞ中へ、と通した。

部屋の中でイリスを待っていたのは、フレデリクと、そしてリーサだった。

「フレデリク皇子、リーサ妃殿下、ご機嫌麗《うるわ》しく。お呼びと伺い、参じました」

膝を折り、挨拶をすると、

「ああ、そう畏《かしこ》まらないでくれないか？　どうぞこちらに」

フレデリクが言い、自分たちが座しているテーブルに着くようにと示した。

「失礼いたします」

イリスはテーブルに近づき、フレデリクを見る。

フレデリクが頷くのを確認してから椅子に腰を下ろした。

「わざわざ来てもらってすまないね」

「いえ。どのような御用向きでしょうか」

アルステュル聖教に関係した用件でないことは分かる。それなら司祭、いや、皇族の用件ならば司教や大司教が呼び出されるだろうし、皇宮聖堂があるのだから、そちらの聖職者に来てもらえば済む話だ。

そうなれば、イリス個人に用事があるということになる。

そして、イリスには心当たりが一つあった。

「先日、コンラードが大聖堂へ君に会いに行ったと聞いてね」

フレデリクの言葉に、やっぱりそうか、とイリスは思う。

「はい。クリストフェル皇子と一緒にいらっしゃいました」

「コンラードは随分と君を気に入ってるようだ」

「気にかけていただいていることは、とても光栄に思っております」

話の方向性が分からないので、とりあえず無難な言葉を口にして続く言葉を待つ。

「実はあの子のことでは、少し困っていてね」

そして続けられた言葉に、イリスは、恐らく先日、クリストフェルが一緒とはいえ大聖堂まで来たことについて何かあるのだと察した。

コンラードは現時点で、唯一の皇帝の男孫だ。

女皇帝が帝国を治めた時代もあるが、継承順は男子が優先される。そのため、皇太子に皇子が生まれなければ、コンラードが皇帝の座につく未来もあるのだ。

そんなコンラードに何かあってはならない。外出などにもかなり気を使うはずだ。

——あまり来ないように、僕からも何か伝えて欲しいとか、そういうことかな。

そう察しをつけたイリスだったが、フレデリクが続けたのは意外な言葉だった。

「あの子は利発な子だけれど、好奇心の旺盛さと活発さの方が勝って、座学には全然集中できないんだ。少し目を離せば部屋から逃げ出してしまうし、無理に座らせて学ばせても、時間が過ぎれば解放されると言わんばかりの様子で、教育係もほとほと手を焼いている。だが、コンラードは君を随分と気に入っているから、君の言うことなら聞くかもしれないと思ってね。コンラードの教育係の一人になってくれないか?」

それは、まさかとしか言いようのない話だった。

「あまりに恐れ多いお話でございます」

即座にイリスは返したがフレデリクとリーサは何も言わず、イリスの言葉の続きを待っていた。

何がしかの理由を言えということなのだろう。

「私は、一介の修道士でしかなく、聖堂での仕事もございますし、コンラード皇子に何かをお教えできるような知識もございません」

皇子の教育係ともなれば、教え方にも精通した者が選ばれてしかるべきだし、実際そういった面々が選ばれているはずだ。

そんな彼らを差し置くことなどできるはずもないし、今の自分の立場を考えれば受けてはいけない話だと思う。

しかし、

「実は大聖堂には、内々に許可は取ってあるの。もちろん、イリス殿が嫌だというのならば、無理にとは」

リーサはそう言い、それに続けて、

「君のことも、少し調べさせてもらっていてね」

フレデリクが言った。

「ラーゲルレーブ王国の第五王子であり、国王と正妃の唯一の嫡男」

「……はい。間違いありません」

違うと言っても、仕方のないことだし、ラーゲルレーブの第五王子が聖職者を目指しているという話は、それなりに知られたことだった。

「コンラードが君を気に入っているというだけの理由なら、教育係を頼もうなんていう気にもならなかったんだけれどね。洗礼式や、茶会の時のイリス殿の所作はどれを見ても、普通の修道士のものじゃなかった。貴族の家柄、それも上位貴族できちんとした教育を受けたんじゃないかと思って、調べさせたんだ。まさか、王族とは思わなかったんだけれど」

「……聖職者となれば廃嫡される身ですが」

「だが、今はまだ王子だ。コンラードの教育係としても遜色ない。むしろこちらが礼を尽くして頼まねばならない」

そう言うとフレデリクは立ち上がり、軽く膝を折った。

「イリス王子、我が子コンラードの教育係をお引き受け願いたい」

それにイリスは慌てて立ち上がる。

「おやめください、フレデリク皇子」

「では、引き受けてくれるのかな？」

顔を上げ、にこりと笑って聞いてくる。ちらりとリーサを見れば、満足げに微笑んでいて、どうやらイリスが引き受けることを確信している様子だ。

「……御期待に沿えるかどうかは分かりませんし、何をどのようにお教えすればいいのかも分かりません」

「とりあえず、文字を覚えさせてくれないかな。恥ずかしながら、あの子は文字を読むことが苦手でね。文字を覚える、ということに興味が持てないみたいなんだ。おかげでまだ、自分の名前も書けない」

文字を教えるだけならばなんとかなりそうな気がしたが、コンラードの年齢でまだ自分の名前を書けないというのは、皇族としては少し焦らなければならないところかもしれない。

そういう意味では大変そうな気がした。

「……文字に興味を持ってもらえるように、まずは努力します」

期待しないでほしいという意味を込めて言えば、

「あら、じゃあ、引き受けて下さると考えてよろしいのかしら？」

リーサが嬉しげに言う。

「まだ、お断りできるタイミングでしたか？」

イリスが問うと、

「ううん？　断らせるつもりはなかったけどね」

フレデリクが笑って言う。そして、

「さて、知らなかったとはいえ、王子にこれまでの数々の非礼を詫《わ》びなければ」

と続ける。

「いえ、私は修道士としてこちらに来ておりますので、どうぞこれまで通りに。私もその方が気が楽ですので」

様々なことを王子という身分で行わねばならなくなれば、その方が面倒なことになる。何が何でも隠さなくてはならないということではないのだが、知らない人は知らないままでいてくれたほうが助かる、というのがイリスの本音だ。

「複雑な立場だね」

フレデリクは言い、再びイスに座る。それを待ってイリスも腰を下ろした。

「もう、慣れましたが、子供のころはどちらの立場でいればいいのか、戸惑うことは多かったです」

イリスは基本的に聖堂内で生活した。

しかし、他国の使者を招いての食事会などの時は王族全員が参加せねばならず、そんな時にはイリスは第五王子としてその場にいなくてはならなかった。

所作などもそのために身につけさせられたたし、聖職者として必要のない知識も、他国の使者と話す時の教養の一つとして必要で、いろいろと学ばなければならなかった。

やがては、必要のない知識になるというのに。

とはいえ、本を読むのも、知らない国のことを知るのも、楽しかったのは事実だ。

もっといろんな本を読みたい、と思って、楽しくて一生懸命辞書を引きながら読んだ。

――あ、そうか、楽しかったから僕は一生懸命文字を覚えたんだ……。

ならばコンラードにも文字を覚えること、書くこと、読むこと、それらが楽しいと思ってもらえるようにすればいいのかもしれない。

そんなことを考えた時、

「コンラード皇子様がいらっしゃいましたが、お通ししてよろしいでしょうか?」

従者が近づいてきてフレデリクに聞いた。フレデリクは視線をイリスへと向けて聞く。

「昼寝から目を覚ましたようだ。会ってやってもらえるかな」

「はい、よろこんで」

イリスが返せばフレデリクは従者に目配せをする。

そして間もなく、部屋にコンラードが入って来てすぐにイリスに気づいた。

「イリスどの!」

ぱぁっと笑顔を見せて駆け寄ってくる。

「どうして? どうしてイリスどのがいるの?」

「こんにちは、コンラード皇子」

「こんにちは! イリスどの、あそびにきてくれたの?」

挨拶を返しながらも興奮した様子で聞いてくるのが、可愛くて仕方がないと思う。

「コンラード、落ち着きなさい。イリス殿には、これからコンラードのお勉強を見てもらうことになったの」

リーサが言う。

「おべんきょう?」

「本を読んだり、お手紙を書いたり、そういったことを」

イリスが言うと、

「まいにち？　まいにちくる？　イリスどのがおしえてくれるなら、まいにちでもがんばる！」

勉強嫌いとは思えない優等生な言葉を返してくるが、多分にイリスと会えるのが楽しみだというだけだろう。

実際に勉強となるとどうなるかは分からない。

「毎日ではないかな。……週に二回、お願いできれば嬉しいが」

フレデリクが言うのに、

「ご希望の日時がございましたら、それに沿えるよう司祭様たちに相談してお返事いたします」

イリスは返す。

「にかいしかあえないの？」

つまらない、といった様子でコンラードが返すのに、

「コンラードがこんなに向学心の塊だったとは驚きだね。一年後には帝国一の物知りになってるかもしれないな」

そう言って、フレデリクが笑うのに、イリスも控えめに笑った。

◇◆◇

イリスが教えるのは月曜と木曜の午後、昼食後からお茶の時間までということに決まった。

イリスが来るのを楽しみにしてくれていたコンラードだが、

「イリスどの、あのね、おにわにきれいなおはながあるの！　みにいこ」

会うなりイリスを外に連れ出そうとする。

コンラードの乳母は、

「コンラード様、イリス殿は勉強をお教えするためにいらしたのですよ」

と苦言を口にするが、それにイリスはやんわりと微笑んだ。

「まず、今週は僕にコンラード皇子のことをいろいろ教えてください。好きな花、好きな色、好きな動物、いろいろ。お庭に咲いている花はお好きな花ですか？」

「すきかどうかはわからないけど、きれいなの。こっちだよ！」

コンラードはそう言ってイリスの手を摑んで庭へと向かう。

先日、茶会の時に通されたプライベートガーデンだ。あれからひと月余り、咲く花の種類が代わり、庭の様子も少し変わっていた。

「このおはな。きれいでしょう？」

コンラードが指差したのは淡いクリーム色のガーデンローズだった。

「薔薇ですね」

「ばら？」

「薔薇には、たくさん種類があるんですよ。色も、大きさも。この薔薇はとても可愛らしい色ですね」

「イリスどのは、このおはな、すき？」

「ええ」

「じゃあ、ぼくもすき」

笑って言うと、

「つぎはこっち！」

とまた手を引いて庭を案内する。

一通り案内をしてもらって、部屋に戻る頃にはお茶の時間だった。

乳母は困った顔をしていたが、コンラードはご機嫌のままイリスとお茶を飲む。

二回目は西翼の中を案内された。乳母や従者が一緒なので、入ってはいけない場所に案内されることはなく、廊下に飾られている彫刻を見たり、絵画を見たり、とりあえず勉強はまったくしなかったが、コンラードが何に興味を持っているのかは理解できた。

そして週が代わり、三回目の授業のためにコンラードの元を訪れると、部屋にはコンラードだけではなく、クリストフェルも一緒にいた。

「コンラード皇子、こんにちは。クリストフェル皇子……お久しぶりです」

イリスは戸惑いながら、挨拶をする。

戸惑ったのはクリストフェルがいたからではなく、クリストフェルの顔を見てから、そういえばしばらく大聖堂に来たと聞かなかったなと思い出したからだ。

「こんにちは、イリスどの。きょうは、おじうえもいっしょなの」

「そうでしたか。では、三人でお勉強ですね」

イリスはそう言ってから、コンラードとクリストフェルのいるテーブルに近づいた。

「勉強のために来てもらっているのに、コンラードが遊んでばかりで困らせていると聞いたが」

クリストフェルが言うのに、イリスは緩やかに頭を横に振る。

「先週は、コンラード皇子の好きなものや興味のあるものをいろいろ教えていただいていたんですよ」

少しは勉強に入れればいいなと思っていたのは事実だが、とりあえず困っていたわけではないことだけは伝える。

「コンラード皇子のことが分かりましたので、今日からは少しちゃんとお勉強をしましょうか」

イリスが言うと、コンラードは少しつまらなそうな顔をしたが、「はーい」と一応、いい返事をしてくる。

イリスは準備してある紙に文字を書き、それをコンラードに見せる。

「読めますか？」

「えっとね……、……す？」

書かれていた最後の文字だけ分かったらしい。

「そう、この部分で『ス』と読みます。ここの部分が『イ』、ここが『リ』、全部でイリス、私の名前です」

「これが『イ』、これが『リ』、これが『ス』」

指で一文字ずつ辿りながらコンラードは確認する。

「少しいいですか？」

断ってイリスは紙を自分の手元に戻すと、『イリス』の下に、また別の文字を書いた。

「これで『コンラード』、皇子の名前になります。今日はまず、この二つを覚えてしまいましょうか」

イリスが言うと、コンラードは「うん！」と元気良く頷き、イリスが書いたものを手本に別の紙に一文字ずつ書いていく。

二人の名前をちゃんと書けるようになると、その次はクリストフェルの名前、そしてフレデリク、リーサ、この前洗礼を受けた妹のアリシアの名前と続けた。

合間に出てきた文字を使って別の言葉を組み立てたりというようなことをして、とりあえず一時間の勉強時間が終わり、お茶の時間になった。

「コンラードを一時間、座らせていられただけでも驚きなのに、真面目に勉強までさせるとは。イリス殿は魔法使いのようだな」

クリストフェルが感心した様子で言う。

「そうなんですか？」

「ああ。歴代の教師は、コンラードをじっとさせていることすら難しかった」

クリストフェルが言うのに、コンラードの斜め後ろにいた乳母が深く頷く。多少大袈裟《おおげさ》なのかもしれないが、あまり集中できていなかったのは事実らしい。

「だって、まえのせんせいは、ぼくがかんがえてるとちゅうに、いろいろうるさくいってくるし、まちがったらおこるんだもん。イリスどのは、おこらないし、ちゃんとわかるまでまってくれるから、すき」

当のコンラードは、なぜか得意げにそんなことを言ってくる。

「ありがとうございます。では、コンラード皇子に、一つお願いをしておいてもいいですか？」

イリスが言うと、

「なに？」

コンラードは乗り気な様子で聞いた。

「次の授業までに、今日出てきた名前の文字を使って、何かの名前を作ってみてください。一つでも、二つでも。難しかったら、できなくても構いませんから」

いわゆる宿題である。しかしできなくてもいいとハードルを下げたからか、

「わかった、がんばる」

コンラードは前向きに言った。

それにもクリストフェルと乳母は驚いた顔をしていたが、やる気に水を差してはいけないと思ったのか何も言わなかった。

勉強一時間、お茶の時間一時間の授業が終わり、イリスは皇宮を後にする。コンラードとは部屋で別れ、馬車寄せ――授業の時は皇宮から馬車を出してくれている。もちろん華美なものではなく、一番地味なものを選んで、だが――まではクリストフェルが送ってくれた。

「願掛けは終了されたのですか？」

歩きながらイリスが聞くと、クリストフェルは「え？」というような顔をした。

「願掛け？」

「近頃、大聖堂でおみかけしませんでしたので。何かの願掛けのためにいらしていたのが叶われたのかと思いまして」

皇宮聖堂ではなく、わざわざ大聖堂に頻繁に来ていたのは、「わざわざ」という部分が大事なのではないかと、授業の間考えていた。

それで思いついたのが「願掛け」だ。

足が遠のいたのは、それが叶ったから。そう思えば理解できて聞いたのだが、

「いや、東の国境で少し騒動が起きてその鎮圧に」

クリストフェルが言ったのは思ってもいないことだった。

「そうだったんですか……。鎮圧は無事に？」

無事に終わったから戻ってきているのだろうが、鎮圧という言葉の持つ重さにイリスは少し怖くなる。

それを表情から読みとったのか、

「武力行使が必要になったわけじゃない。その地を治める貴族が出て収まらずとも、皇族の誰かが出れば収まる話というのは意外に多い。今回もその類だったから、とりあえず顔だけ出してくれればいいといった感じで……」

経緯を説明した。

「そうでしたか。よかったです」

「あちこちに駆り出されて便利に使われている気分にはなるが、騒動が起きないならそれに越したことはない。だが、まさか不在中にイリス殿がコンラードの家庭教師になっていると

は思わなかった」

「教えられるほどの知識があるわけではないのですが、とりあえず読み書きだけでもと」

イリスの言葉に、

「知識がないなどと……。ラーゲルレーブの王子でいらっしゃるのに」

クリストフェルがそう返した。

「ああ。クリストフェル皇子も、すでにご存知でしたか」

「ああ。兄上から聞いた。対応を改めた方がいいだろうか」

「いえ。これまで通りに。今は修道士のイリスですから」

「では、お言葉に甘えよう」

その返事にイリスは安堵する。

王子という立場に見られるのは、どうしても落ち着かない気分になる。

恐らく、いい思い出がないからだろう。

――もし、王子として生まれなければ……。

考えてもどうしようもないことだと分かっているのに、つい考えてしまう。

だがそれを脳裏からかき消して、イリスはどうということのない話をしながら馬車寄せへと歩き続けた。

コンラードの勉強は想像していたよりも順調に進んでいた。

宿題も進んでやってくれるし、いろいろなものの名前を覚え、短文であれば書けるようにもなった。

もちろん、遊びに出たがることもあって、今日はどうしても見せたいものがあると言うので、十分だけという約束で庭に出た。

コンラードがイリスを連れて入ったのは、プライベートガーデンではなく、皇宮を訪れた諸侯が散策を楽しめるように開放されているエリアの庭だった。

「みて、このバラ。きのう、さいたんだよ」

さほど大きくはないが、根元が白く先端が赤い不思議な彩りの花弁を持つ薔薇《ばら》だった。

「見たことがないですね、こんな不思議な色のものは」

「えっとね、にわしが、おととし、じぶんでつくったんだって。きょねんはさかなかったっていってた。ぜったいイリスどのにみてほしかったの」

「そうだったんですね。ありがとうございます」

「たくさんさいたら、きっとすごくきれい」

「そうですね。蕾《つぼみ》が他にも付いていますから順番に咲くといいですね」

そんなことを話して、しばらくその薔薇を見ていたが、不意にコンラードが、

「あ、おじうえだ」

薔薇の垣根から少し離れた場所にいるクリストフェルを指差した。

その指の先には、確かにクリストフェルがいた。だが一人ではなく、もう一人女性が一緒だった。

黒い髪を美しく結った美人。

――確かあれって……。

「ルンデルこうしゃくのところの、コホッ……おねえさんだ」

喉に何か引っかかったのか、コンラードが小さくせき込みながら言った。

――ああ、そうだ。侯爵令嬢だ……。

以前見かけた時は、特に覚えるつもりもなく結婚式の参列者の一人として見ただけだったので記憶はおぼろげだったが、確かに彼女だ。

――少し前から、噂ですよ。皇子と侯爵令嬢が婚約間近だって――

クリストフェルと市場の中の店でお茶を飲んだ時に、女将がそんなことを言っていたのを思い出した。

クリストフェルはそれを笑ってごまかしていたが、お茶会の時もルンデル侯爵に挨拶をと言われて中座していたし、話がどの程度進んでいるのか分からないが、根も葉もない噂話というわけでもないらしい。

「イリスどの、ないしょだけど、ぼく、あのおねえさん、いじわるそうだからすきじゃない」

小さな声でコンラードは言う。

「意地悪そう、ですか？」

子供が言う「意地悪そう」というのは、単純に目じりが上がっている、いわゆるつり目でクール系の顔立ちが親しみづらく思えてそういった印象を与えてしまうことが多い。

そう思って改めて見てみると、クール系とまではいかないがややつり目気味だった。

「お話ししてみたら、意外と違うかもしれませんよ？」

さすがにそうですねと認めるわけにもいかないので言葉を濁すと、コンラードは、

「あのおねえさんとはなすなら、そのばい、イリスどのとおしゃべりするんじゃなきゃやだ」

そんなことを言ってくる。

「では、お勉強が終わったらゆっくりお話ししましょう」

そう言ってコンラードの手を引き、西翼へと戻ろうとした時、

「イリス殿、コンラード！」

後ろからクリストフェルの声が追いかけてきた。

足を止めて振り返ると、クリストフェルが侯爵令嬢を置いて駆け寄ってきた。

「クリストフェル皇子、お客さまを置いて、いいんですか？」

「ああ。コンラードのお目付け役を担っているからと言って逃げてきたんだ。どうにも女性

とは何を話していいか分からないからな。それに、彼女一人で来ているわけじゃない。少し向こうに彼女の友達の令嬢たちがいるんだ。二人きりにされただけで」

クリストフェルはそう言うと、さあ行こう、と振り返りもせずイリスとコンラードを連れ西翼へと向かう。

そしていつも通り、コンラードの勉強につきあった。

もちろん、クリストフェルがいない日もあるのだが、大体は途中からでも部屋に来てコンラードが勉強しているところを見ている。

監視を兼ねてくれているのだとは思うが、コンラードの成長に目を細めているので叔父《おじ》馬鹿というやつなのかもしれないなとイリスは思う。

そして今日は、もう一人、途中から見学人がやってきた。

「コンラード、勉強は進んでるか？」

入ってきたのはフレデリクだった。

「ちちうえ！　がんばってるよ！　ね、イリスどの」

どこか自慢げにイリスは言う。

「ええ、とても。宿題もとても頑張ってこなしてくれています」

「そうか、よく頑張っているな」

フレデリクはそう言ってから、同席しているクリストフェルに視線を向けた。

「クリストフェルまでいるのか。イリス殿はコンラードのために私が直々《じきじき》に頼んだ教育係だが、おまえがまだ初等教育を必要としていたとは思わなかったな」

からかうようなフレデリクの言葉に、

「何事も基礎が大事だからな」

クリストフェルはしれっと返す。

「まあ確かに基礎は基礎だが。イリス殿、次回から家庭教師代を二人分支払った方がいいだろうか？」

フレデリクが真面目な顔で聞いてくる。

「いえ。クリストフェル皇子の分はサービスしておきます」

イリスがそう言った時、また小さくコンラードが咳をした。

「コンラード皇子、さっきも少し咳をなさってましたが、喉がおかしいですか？」

庭でも一度、咳をしていたので聞いてみるが、コンラードは頭を横に振った。

「ううん、大丈夫」

「少し空気が乾燥しているからそのせいかもしれないな」

フレデリクが言って乳母に目配せをする。それに乳母はすぐグラスに水を入れ、コンラードに差し出した。

差し出された水をコンラードは一口飲んで、

「もうだいじょうぶ。イリスどの、おべんきょうのつづきしよ」

と真面目に勉強の催促をしてくる。

「コンラードが勉強の続き、なんて言う日が来るとは」

驚いた顔のフレデリクに、コンラードは顔をそちらに向けると、指を唇の前に立てて「シー」と黙るように促す。

それにフレデリクは苦笑いし、イリスは教科書の続きを読んだ。

◇◆◇

コンラードが熱を出したので落ちつくまで授業を見あわせたいと皇宮から連絡がきたのは、その次の授業の前日だった。

やはりあの咳は風邪の初期症状だったらしい。

わかりましたと返事をしたのだが、翌日になると、コンラードがイリスに会いたいと言っているので見舞いに来てもらえないかと頼まれ、イリスはコンラードに会いに出かけた。

熱が出て心細いのか、コンラードはイリスが見舞いに行くと、イリスの纏う修道服を摑んで離さなかった。

「大丈夫ですよ、ちゃんとここにいますから」

ギュッと修道服を摑むコンラードの手の上に自分の手を重ね、イリスはコンラードが寝つくまで絵本を読み聞かせた。

幸い、三冊ほど読んだところで眠ってくれ、起こさないように服を摑んだ手をそっと離させてイリスは聖堂に戻ってきたのだが、どうやらコンラードの風邪がうつったらしく、三日ほどして今度はイリスが熱を出してしまった。

熱っぽいなと気づいてすぐに薬湯をもらって飲み、一晩様子を見ようとしたらもう翌朝にはとんでもない高熱で、ベッドの上に起き上がることすらできなかった。

熱のせいで朦朧《もうろう》として、修道士の誰かがついてくれているのは分かったが、薬湯を飲むことすら難しく、ひたすら寒くて震えていた。

——寒い、寒い、寒い……。

体がガタガタ震えて止まらない。

「イリス殿、大丈夫か？　薬を飲めるか？」

誰かが呼んでいるのが分かったが、誰の声なのか分からなかった。

目を開けた先にいるのが誰か、認識することすら難しいが、少し体を起こされ、薬湯を差しだされる。

「少しでもいい、飲んでくれ」

口元に差し出されたそれを飲む。さっきまで飲むように言われていたものとは違う、苦味はあるがほのかに甘いそれを飲みくだす。

「飲めたな。水は飲めるか?」

別のコップが差し出されて、一口だけ飲んだ。それが精一杯で、何かに体を預けていても体を起こしているのがつらくて体勢が崩れるまま、また寝かしつけられた。

「――むい……さむい……」

体の震えが止まらないまま布団を摑む。

少しも体が温まらなくて、ああ、冬なのかと思う。

誰かが部屋の窓を開けたままなのかもしれない。

乳母がいてくれればちゃんと気をつけてくれるのに。

――ああ、そうだ、乳母はもういないんだった……。

体を悪くして、城から下がった。

もう、イリスを守ってくれる人は誰もいない。

――寒い、寒い、寂しい。

「イリス殿」

――イリス、こちらですよ。

聞きおぼえがあるような、声。

あたたかな手がイリスを抱き締める。

——おかあさま……？

返事はない。だが、傍らにある温かさにイリスは縋《すが》りついた。


ふっと意識が浮上して、イリスは目を開く。

最初に感じたのは明るさだ。

何時なのかは分からなかったが少なくとも夜ではないらしい。

——体中がぎしぎしする……。

ぼんやりとしながら視線を移動させて、イリスは目に映ったものが最初なんなのかうまく認識できなかった。

人がいた。

間近に。

色素の薄い金色の髪が光に当たってキラキラとしていた。

——クリストフェル皇子……？

誰かを認識した瞬間、イリスはベッドの中、クリストフェルが自分のことを抱き締めるようにして眠っているということに気づいた。

――え、なんで？　ここ、どこだ？

少し頭を動かして、場所を確認する。

見慣れた天井、見慣れた壁。

聖職者の宿舎の自分の部屋だ。

「――目が覚めたか？」

すぐ間近で声がして、視線を向けると至近距離にクリストフェルの灰色がかった薄水色の瞳があった。

「……ィストフェル、皇子…」

喉がガラガラで上手く声が出なかった。

「無理に話さなくていい」

クリストフェルは言うと、イリスを抱くようにしていた腕を緩めた。

「震えは止まったな。寒くはないか？」

問う声に頷く。

確かにものすごく寒かったのを覚えているが、その寒さはもうなかった。

「コンラードの風邪が伝染《うつ》ったんだろう。昨日、イリス殿が熱を出して授業を休むと連絡があったと聞いて見舞いに来たんだが、熱が高くて、ずっと寒いと震えてどうしようもなかっ

た。それで、温めるためにベッドに入らせてもらった」

「昨日……」

ということは、一晩一緒にいてくれたのだろうか。こうして。

「すみません……」

半分以上靄《もや》がかかったような頭でも、とんでもないことをした、というかさせたというのは理解できて、とにかく謝る。

だがクリストフェルは気にした様子もなく、イリスの額に手を押し当てた。

「まだ少し熱いが、かなり下がったな。薬が効いたようだ」

「……くすり…？」

「ああ。昨日、到着して真っ先に。……イリス殿が熱を出して寝込んでいると聞いて、すぐに見舞いに来ることを決めたんだが……見舞いの品を、とにかく体力をつけねばならんと思って、肉にしようとしたんだ。そうしたら兄上に馬鹿にされた。熱が出ている時にもバカス力食べられるのはおまえくらいだ、とな」

確かに、食べられる気はしない。

症状が軽ければ少しは、と思うが、今だって肉と聞いただけで体が受け付けようとしないのが分かった。

「なら何がいいんだと話していたら、マクシミリアンが来た。あいつは病気慣れしてるからな。話を聞いてすぐに薬と水分の摂れる果物にしろと。それでマクシミリアンの専属医が処方した薬と果物を持ってきた」

「皇太子殿下の、専属医の薬を……私なんかに。怖れ多いです…」

薬草一つとっても、皇太子に処方されるものとなれば、その質が違う。

質が違えば当然効能も違ってくるし、希少な薬草も使われたかもしれない。

「何を言う。君も王族だろう」

クリストフェルは笑って言ってから、

「さて、いつまでもこうして同衾《どうきん》していたいが、一度皇宮に戻らねば」

そう言うと体を起こし、ベッドから出た。

傍らにあった確かなぬくもりが消えることに、不安のようなものを感じたが、それが表情に出ていたのか、クリストフェルはイリスの頭を子供にするように撫でた。

「もう一度、薬を飲んでくれ」

そう言うと小さな薬瓶の液体を器に入れて水差しの水で薄め、それをイリスに差し出す。

イリスは少し体を起こして差し出されたそれを、時間をかけて飲みほした。

苦味があるが少し甘いその味は、覚えがある気がした。

イリスが飲んだのを確認すると、今度は果物を渡してきた。

ブドウやオレンジの、食べやすく水分の多い果物ばかりが小さなかごに入れられていた。

いくらか食べたところで、もう食べられなくなったが、

「食べられたな、よかった」

褒めるように言って、イリスの手が届く場所に果物の籠《かご》と水差し、果物の皮を捨てる器を準備すると、皇宮に帰って行った。

しばらくすると、大聖堂から鐘の音が聞こえた。

鐘の音は朝十時を告げていた。

——一晩中、ついていてくれてたんだ……。

改めて思う。

帝国の第三皇子という立場が、どの程度忙しいのかは分からない。

だが、騎士としてはかなり忙しいんじゃないのかと思う。

——なのに、一緒にいてくれて。伝染ったりしてなきゃいいんだけど。

そんなことをつらつらと思っているうちに、また眠ってしまったらしい。

部屋の中で誰かが動く気配がして、それに目を覚ますと、クリストフェルがいた。

「起こしてしまったか」

「……クリストフェル皇子…皇宮へ戻られたのでは？」

「ああ、一度戻って、薬と食事を持ってきた」

そう言って薬の入った瓶を見せる。

「スープはいま、温めてもらっている、すぐに持ってきてくれるだろう」

「ありがとうございます。でも、ここまでしていただかなくても……」

「だが持ってきたものを持って帰るわけにもな」

クリストフェルが言った時、顔なじみの修道士が器に入れたスープを持ってやってきた。

「ああ、随分顔色がいい。良かった」

イリスの様子を見て嬉しそうに言うと、クリストフェルにスープを渡し、部屋を出ていく。

「少しでも食べられるといいんだが。食べられそうか？」

「はい」

イリスは体を起こそうとしたが、どこか頭がふわふわして力の入れ方すらわからなくなったようになり、なかなか動けなかった。

それにクリストフェルはすぐに気づいた。

「無理はしなくていい、手伝おう」

イリスのベッドの傍らに腰を下ろすと、手をイリスの背中に差し入れ、半ば抱き抱えるようにして体を起こす。

変わった体勢にイリスが慣れるまでしばらく手を離さず様子を見てから、ゆっくりと離れた。

そしてスープを差し出してくる。

イリスは皿と一緒に置かれていた匙《さじ》を手に、スープを口に運んだ。

「おいしい……」

大聖堂で出されるスープとは素材から何から、すべてが違う、うまみの濃いスープだった。

大聖堂での食事が粗末だと言うわけではない。皇宮での食事が特別なのだ。

「よかった。マクシミリアンが病の時でもこれだけは飲めるらしくて、手配してくれていた」

「皇太子殿下にまで御迷惑を」

「迷惑などとと。元々はコンラードの我儘《わがまま》に応じて見舞いに来てもらったせいだろう。それにマクシミリアンが厨房で腕を振るったわけでもないから気にしなくていい」

笑いながらクリストフェルは言う。

「クリストフェル皇子は、ご公務はよろしいのですか?」

「ああ。社交的な公務は俺に回らないようになっている。まったくもって俺には向かない仕事だからな」

そんな風に言っているが、恐らくその状況になればそつなくこなせるのだろうと思う。

時間はかかったがスープは全て飲んだ。その後、薬を再び飲んで、またベッドに寝かしつけられる。

「薬は夜の分もある。夜は来ることができないが、ちゃんと飲んでゆっくり休んでくれ」

「ありがとうございます」

「病人の元に長居するものではないから、今日はこれで」

クリストフェルはそう言って帰って行った。

――本当に優しい人だなぁ……。

まだどこかぼんやりとした頭で思う。

ここまでイリスに優しかったのは、覚えている限りでは乳母だけだ。その乳母も、イリスが十歳の時に体を悪くして城を出た。

王宮聖堂の聖職者たちは決して冷たくはなかったし、イリスには優しく接してくれたが、親身になってくれたかと言えば微妙なところだ。

イリスに必要以上に肩入れすれば、他の兄弟たちの後ろ盾から睨《にら》まれる。

聖職者と言えども王宮内の聖堂にいる以上、王宮の権力闘争と無関係というわけではなかった。

そのせいか、イリスはどこかクリストフェルの優しさに、少し落ち着かないような気持ちにもなっていた。

だが、翌日も、午後になってからクリストフェルがやってきた。

「やはり昨日より、顔色がいいな」

ベッドの上に普通の体を起こせるまでに回復していたイリスを見て、嬉しげに言う。

「いろいろお気遣いくださったおかげです。無理はできませんが、明日には大聖堂の仕事に戻れると思います」

「まだ、早いと思うが」

クリストフェルは少し渋い顔をする。

「大丈夫です。簡単な仕事だけにしていただけるようですし」

「本当に、無理は禁物だ」

クリストフェルは言ってから、思い出したように懐《ふところ》から一通の手紙を取り出した。

「コンラードから預かってきた」

「コンラード皇子から？」

見てみると、封筒には大きさが不揃いで、バランスも不格好な文字で「イリスどのへ」と表書きされていた。

開けてみると、封筒と同じような文字で、スペルの間違いや、文字そのものの間違いも多いものの、イリスを気遣う内容が一生懸命綴《つづ》られていた。

「御心配くださっているのですね」

「まあ、コンラードが元凶のようなものだからな。兄上たちは、コンラードが手紙を書いたことを驚いていた。あの、勉強嫌いのコンラードが、変われば変わるものだと」

驚きと呆れの混ざった様子で言うクリストフェルに、

「もともと、優秀な方ですから、興味さえお持ちになれば、ということだと思います。来週から、授業に復帰できると思いますので、よろしくお伝え願えますか？」

伝言を頼む。

「ああ、分かった。必ず伝えよう」

「クリストフェル皇子もお忙しいのに、何度も来てくださってありがとうございました」

「勝手に心配して、来ていただけだ。礼を言われるようなことではない」

「いえ、とても嬉しかったです」

少し微笑んでそう言ったイリスに手を伸ばし、軽く頭を撫でてから、

「邪魔になっていなかったのなら、よかった」

クリストフェルは言う。

頭を撫でたクリストフェルの手が離れる。

それを、なぜか寂しいと思う自分がいて、イリスは戸惑ったが、

――久しぶりに寝込んだから…まだ、どこか不安なんだろうな……。

そう自分の中で結論づけて納得した。

4

「イリスどの！　もうおからだはいいの？」

翌週から再開された授業にイリスがやって来ると、コンラードは心配そうな顔で駆け寄り、イリスの足に抱きついてきた。

「ええ、もうすっかり。長くお休みして申し訳ありませんでした」

謝るイリスに、コンラードは頭を横に振る。

「ううん。ぼくが、かぜをうつしちゃったんでしょう？」

申し訳なさそうに、コンラードは言う。

「仲がいいと、伝染るのかもしれませんね」

そんなことありませんよと否定したところで、それは嘘だし、子供もそんな嘘は簡単に見抜く。

なのでイリスは、伝染ったことは認めながら、話の向きを少し変える。

「なかがいいと、うつるの？」

「あくびなんかも、うつるといいますよ。片方があくびをすると。もう片方もすぐにあくびをするとか」

「そうなんだ！」

話の向きが変わったことに気付かず、コンラードは笑顔を見せる。それを、今日も同席するらしいクリストフェルは笑みを浮かべて見つめていた。

「あ、そうだ。イリスどのがおやすみのあいだに、じをかくれんしゅうをしたの。みて！」

コンラードはイリスの手を引いて机へと連れて行き、練習した紙を見せる。

「本当ですね、こんなにたくさん。そういえば、お見舞いのお手紙、ありがとうございました」

「よんでくれた？」

「ええ、もちろんですよ。ちゃんと勉強してくださっているから、お手紙も書いていただけたんだなと思って、嬉しかったです」

イリスが言うと、コンラードは照れたように笑う。

「じゃあ、もっとたくさんべんきょうして、イリスどのに、いっぱいおてがみかくね」

その宣言通り、コンラードは久しぶりの授業に真面目に取り組んだ。

そして授業が終わり、お茶の準備が整えられている時部屋に客が来た。

「皇妃様がいらっしゃいました」

その言葉にイリスは立ち上がり、控えて礼の形を取り、やってくる皇妃を迎える。

皇妃は言うまでもなく、この帝国の現皇帝の正妃であり、クリストフェルやフレデリクの母、そしてコンラードの祖母だ。

「おばあさま！」

入ってきた皇妃にコンラードは駆け寄って抱きつく。

「もう、すっかり元気ね、コンラード」

微笑みながら言い、視線をクリストフェルに向けた。

「ご機嫌麗しゅう、皇妃様」

普段は違うのかもしれないが、イリスという外の者がいるからか、クリストフェルは皇妃様、と呼んだ。

「ええ、あなたも」

そして、視線をイリスへと向けた。

「皇妃様には初めてお目にかかります。コンラード皇子の家庭教師として……」

「シェスティン……」

皇妃はイリスが名乗るのも待たず、イリスの顔を見ると感極まったような顔で、ある人物の名前を口にした。

亡くなったイリスの母親の名前を。

「……皇妃様…」

なぜ、皇妃が母の名前を知っているのかイリスにはにわかには分からなかった。

皇妃は自身の目に浮かんだ涙を拭うと、

「ごめんなさい、つい思い出して。ラーゲルレーブ王国王子、イリス殿、初めまして」

イリスが名乗らなかった名前と、そして国での立場を口にした。

「母上、イリス殿をご存知だったのか？」

驚いた様子でクリストフェルが問う。

「いえ、王子とお会いするのは初めてよ。でも、王子の母君、シェスティン王妃とは何度かお会いしたことがあるの」

皇妃はそう言ってから、

「これからお茶を飲むのでしょう？　御一緒させていただいてかまわないかしら？」

と聞いてきた。

コンラードはイリスを見ると、

「イリスどの、おばあさまもいっしょにおちゃをのんでもいい？」

気遣ってくる。

「もちろんです」

イリスが答えると、すぐに皇妃の席が準備され、四人でのお茶の時間が始まった。

「ああ、本当に生き写しだわ……」

イリスの顔を見つめていた皇妃がしみじみと言う。

「母と、そんなに似ているのでしょうか？」

「ええ。もしあなたがドレスを着て髪を結っていれば、シェスティンがいると錯覚するでしょうね。シェスティンの『海と大地の瞳』も、あなたは受け継いだのね」

皇妃の言葉に、コンラードは、

「イリスどののめは、すごくきれい。はじめてみたときから、ずっとおもってた」

嬉しそうに言う。

「そうでしょう？　イリス殿のお母様も同じ目をされていたのよ」

皇妃が笑顔でコンラードに言う。

「母上は、いつイリスどのの母君とお会いに？」

クリストフェルが問う。それはイリスも聞きたかったことだ。

「シェスティンと会ったのは、まだ彼女がテオレル王国にいた頃よ。私が皇妃になる前と、なって間もなくの頃、テオレルに行ったことがあるの。テオレルにはシェスティンの他に二人の王子と三人の王女がいて……美男美女揃いの王族だと有名だったの。中でもシェスティンは一番美しいと言われていて」

「イリス殿を見ていれば、それは理解できます」

クリストフェルが頷きながら言う。

「シェスティンには、アールステットの公爵《こうしゃく》家に輿入《こし》れの話も出ていたの。テオレル国内の大貴族はもちろん、各国の王族貴族も求婚を申し入れてはいたけれど。でも、あの不幸な戦が起きて……」

アールステットももちろん、救援のための兵士を送った。しかし、テオレルはラーゲルレーブの更に北東にあり、救援は間に合わなかった。

唯一間に合ったのはラーゲルレーブ軍だけであり、城内に残っていた王族は分散して脱出を図った。

しかし、生きて国を出たのが確認されたのはシェスティン一人。

国は滅ぼされ、今は魔族の支配地となっている。

「ラーゲルレーブに避難できた時、シェスティンは憔悴《しょうすい》しきっていて、しばらくはラーゲルレーブで静養をということになったの。そしてそのまま、ラーゲルレーブ王に嫁いで……」

コンラードがいるので、皇妃は細かな部分は話さなかった。だがコンラードは大体のことを理解したらしく、

「じゃあ、イリスどのは、おうじさまなんだ！」

目を輝かせて言った。

「そうですね。王子でもありますが、修道士なんですよ」

イリスはやんわりと、今の立場は修道士だと伝える。

「じゃあ、おじうえが、おうじで、きしなのとおなじ？」

コンラードが続けると、

「ええ、そうよ。コンラード。あなたは本当に賢い子ね」

皇妃はそう言ってコンラードの頭を撫でた。褒められたコンラードは御満悦、といった表情を浮かべる。

「あなたのことは気になっていたの。こうして会えて、とても嬉しいわ」

皇妃の言葉に、

「私も、母のことを知っている方にお会いできて嬉しいです」

イリスも同じように返す。

その言葉に嘘はない。

ラーゲルレーブでもシェスティンのことを知っている人物は限られているし、その知っている人物も、イリスが気軽に聞ける相手ではなかった。

父王に聞くことができればよかったのだが、イリスの複雑な立場が、それをできなくさせていた。

唯一シェスティンのことを知っていてイリスが話を聞くことができたのは乳母だが、乳母が知っている話はすべて聞いてしまって、こうしてイリスの知らない母親のことを聞くことができるのはとても嬉しかった。

「ああ、そうだわ。三か月後に皇帝陛下の生誕の宴を開くの。イリス殿、ぜひいらして」

いいことを思いついた！　と言った様子で皇妃が誘う。

しかし、イリスは戸惑った。

「ありがたいお誘いですが、私はあくまでも修道士としてこちらに……」

「ええ、もちろん、神に仕える者に現世の身分は無関係。それは充分理解しているわ。でも、孫娘の洗礼にも立ち会い、コンラードの家庭教師までしてくれている上に、まだイリス殿は現世にも身をおいていらっしゃる。ラーゲルレーブの王子というその立場だけでも、陛下の生誕を共に祝っていただくのに充分。むしろ、王子が滞在してくださっていると分かって、お招きしなかったとなれば、その方が問題に」

断る隙を与えない、と言った様子で皇妃は正当な意見を並べてくる。

クリストフェルはイリスが戸惑っているのを見て、なんとか打開策を考えようとしてくれているのが表情からわかるが、咄嗟《とっさ》にはなにも思いつかない様子だ。

「ですが、参加させていただけるような準備が間に合わないかと」

皇帝の誕生日の宴ともなれば、それなりの準備が必要になる。しかし、修道士として来ているので、持ち合わせなどほとんどない。

「そんなこと、気にしないで。必要なものは、すべてこちらで準備させますから」

と言う皇妃に、

「パーティーのときは、ぼくがずっといっしょにいてあげるから、しんぱいしないで！」

コンラードも続けてくる。

完全に断れない空気の中、

「イリス殿お一人で決めることのできる話ではないだろう、母上」

イリスが修道士であるという立場を慮《おもんぱか》ってクリストフェルは何とか食い止めようとしてくれるが、

「それもそうね。しっかり教皇にお願いしておくわ」

それ以上に皇妃の押しは強かった。

――帝国の皇妃って、これくらい押しが強くないと、務まらないんだろうな……。

にこにこする皇妃とコンラードを見ながら、イリスはそんな現実逃避じみたことを考えていた。

◇◆◇

皇妃の行動は早く、翌日の午後にはイリスは大司教に呼び出され、皇帝の生誕祭の宴への招待を受けるようにと言われた。

さすがに教皇に話を通したわけではないらしいのだが、大司教は教皇に次ぐ存在だ。

イリスが普段指導を受けるのは司祭、司教で、大司教とは滅多に顔を合わせない。とはいえ、イリスが王族であることを知っているのも今は大司教クラスの一部だけなので、大司教から呼び出されるのは当然と言えば当然だった。

「招待を受けるのはいいとして……何を着ていけばいいんだろ」

修道士の生活は質素なものだ。

服と言えば、日常着と、儀式の時に使う法衣があるだけである。

「午前中は皇宮聖堂で聖誕を感謝する儀式があって大司教様がおっしゃってたから……」

その儀式にはイリスも参加することになった。

「だったらそのまま法衣でいいかな……」

聖職者の法衣はすべての場において第一級礼装として扱われる便利なものだ。

修道士の法衣は何の飾りもなく地味なものだが、どの場においてもその一着で通せる。そのため、何着も持たずに済むのだ。

「うん、法衣でいい。決まり」

そう思っていたのだが、三日後、クリストフェルがイリスを訪ねてきた。

「父上の生誕祭への招待を受けてくれたと連絡が来て、母上がイリス殿の宴用の服を作るようにと」

「え？　あの、法衣で参加させていただきますから……」

「俺も、イリス殿はそうおっしゃるだろうと伝えたのだが、今回はラーゲルレーブ第五王子として招くのでそういうわけにはいかないと」

皇妃の言葉に、イリスは、ああ、と胸の内で嘆息する。

イリスのように二つの立場を持つ者の場合、どの立場で招かれたかというのは大事なことだ。

クリストフェルであれば、皇子なのか、騎士なのかで着る服が変わる。

「もっとも母上の魂胆は、シェスティン王妃の忘れ形見であるイリス殿を着飾らせたい、というところだからな」

呟くようにクリストフェルが言うのに、苦笑しながら、

「……母のことを、大事に思ってくださっている方がいるのは、嬉しいです」

イリスは返す。

「母上を止めるのは父上でも至難だ。申し訳ないがつきあってもらえないだろうか」

改めてクリストフェルが言うのに、イリスは頷いた。

「お招きくださった方に恥をかかせるわけにも参りませんから。お手数をおかけしますが、よろしくお願いします」

イリスがそう言うとクリストフェルは安心した顔をし、すでに許可は取ってあるからと、

皇妃のお抱え服飾職人のアトリエに連れて行かれた。

そこは、何代にもわたって皇族の誰かしらの衣装を仕立てているという老舗《しにせ》だった。

今回は生誕祭まであまり時間もなく、イリスの体に合わせて一から作るのは難しいため、イリスに一番合うサイズの衣装を元に、いろいろ手を加えて仕立ててもらうことになった。

「小柄な方だとお伺いしておりましたので、こちらの部屋に幾つか準備させていただいております。お気に召した物など選んでいただけますか？」

店主は「幾つか」などと言ったが、通された部屋にはずらりと、二十着以上の服が準備されていた。

それも、この時点でかなりゴージャスで、かなり値が張りそうだ。

——大使に連絡を取らないとな。

帝国にはラーゲルレーブからの大使が常駐している。イリスが修道士として来ていることも知っているはずだが、こちらに来てから会ったことは一度もない。

大使は、現時点で次期国王に一番近いと目されている第二王子の派閥の人間で、すでに後継者争いからは遠ざかっているとはいえ、王子という身分を持っているイリスとは疑いをかけられたくないという意味でも、接触したくないのだろう。

イリスにしても、ラーゲルレーブにいたころでさえ碌に挨拶もしたことのない相手と必要もないのに連絡を取りたくもなかった。

だが、今回は違う。

ラーゲルレーブの王族として招待を受けたということは、ラーゲルレーブの国の格に関わる問題だ。

――どの程度、衣装に予算を出してもらえるのか……生誕祭ともなれば贈り物も必要になるし、その辺りのことを聞かないと。

イリスが生誕祭に招待されたということは、すでに知っているか、近々、皇宮から大使の耳にも入るだろうから、話は通しやすいはずだ。

イリスは並んだ衣装の中から、できるだけ装飾が少なくて、あまり値段はしなさそうなものを選ぶ。

話は通しやすいと言っても、あまり高価そうなものを選ぶのは気が引けた。

「これと、これ……。それから、こっちと……」

イリスが選んでいく衣装を見て、店主とクリストフェルの眉間にしわが寄る。

「……イリス殿、悪くはないが…少し地味というか」

クリストフェルが言うのに店主も頷き、

「もちろん装飾は後で足すことも充分可能ですが、似たお色味でしたらこちらのものや、こちらでしたら華やかで」

別の衣装を選んでくる。それにイリスは困った顔をする。

「いえ、その、あまり華美なものは」

「好みに合わないか？」

それに一瞬イリスは返事に戸惑ったが、そういうことにしておいた方がいいだろうと頷いた。しかし、戸惑ったのをクリストフェルは簡単に見抜いたらしい。

「イリスどのは聖堂での生活が長いので、こういった場での服を選ぶのが不慣れでいらっしゃる。少し、目を慣れさせるために、十分ほど時間をもらえるか？」

クリストフェルはそう言って、一度店主を部屋から下がらせた。そして二人になると、イリスを真っすぐに見て聞いた。

「華美なものを好まれないというのは事実だと思うが、他にも理由があるのでは？」

その問いにイリスは少し悩んでから言った。

「その、私自身には持ち合わせがなくて……。どの程度用立ててもらえるのか、大使と連絡を取らないと分からないので、あまり値が張りそうなものは避けた方が無難かと思って」

その言葉にクリストフェルは戸惑った顔をしたが、すぐに言った。

「そのことは気にしなくていい。来る前にも言ったと思うが、母上がイリス殿を着飾らせたいだけだ。今回の件で必要なものはすべてこちらで準備する」

「そんな、それは……できません」

「できませんと言われても、それもできない。多分ここでイリス殿が遠慮したものを選んだら、恐らく次は聖堂を、俺ではなく母上が訪れることになるだろう。もしくは、選んだものと全く別の衣装が作られて送りとどけられるか、どちらかだ。ついでに言えば、俺は、十五歳の時にやられた。俺が選んだ衣装を母上が気に入らず、母上好みのものを着るはめになった」

クリストフェルは渋い顔をして言う。

それにどうかえしていいか分からずにいると、

「そういった危険を避けるために、店主と相談して、母上も納得してイリス殿の希望とも遠くないものを選ぶのが一番だと思う」

と提案してきた。

クリストフェルの場合はクリストフェルが自分の子供だからそこまでしたのであって、イリスに対しても皇妃がそのような行動に出るかは分からない。

しかし、あまりに簡素なものを着用するというのも、招いてくれた皇妃を軽んじたことになるのだろう。

「……どのようなものを選べばよいのか、わからないので、クリストフェル皇子にも一緒に選んでいただいていいですか？」

イリスが問うと、

「どの程度役に立てるかは分からないが、俺でよければ」

そう言ってくれた。

そして店主を呼び、衣装を選び始める。

衣装選びを相談された店主は、非常に楽しげだった。

「お客様の清楚な雰囲気を生かすのであればこちらのお色味なんですけれど、シルエットがやぼったいので、体のラインを魅力的に見せるのであればこちらの衣装…ああ、でも、ジャケットはこちらのシンプルなものにして中のシャツをこういった感じで合わせても」

一応、イリスの希望は伝えてあったので、その希望の延長線上にあるものを選んで提案してくれてはいるのだが、その延長線がかなり長い。

しかし、ここでイリスとクリストフェルには、一つの錯覚が起きた。

いろいろなものを見るうちに目が慣れてしまい許容範囲が広がってしまうという、罠《わな》だ。

ついでに言えば慣れないことで疲れも出てきてしまい、いろんなことがガバガバだった。

「では、こちらをベースに、ウェスト部分を詰めて、装飾の一部変更でお作り致しますね」

採寸など、諸々《もろもろ》を終えるころには、イリスはぐったりだった。

そのまま、お茶の準備ができているからと顧客のための休憩室に通され、そこでやっと一息ついた。

「……最終的に、予定より大幅に派手なものになった気がします…」

呟いたイリスに、クリストフェルは、

「正直、途中から、早く終わりたいとしか思えなくなっていたからな」

「そうですね」

「疲れただろう……、俺は先月、この苦行をこなした」

やや遠い目をして言う。

「女性の方は、もっと時間もかかるんでしょうね」

「正直に言えば、女に生まれなくてよかったと思う……」

しみじみした口調で言う。

「私は早くに聖堂に生活の場を移しましたし、子供の頃は王子として王宮の行事に参加する時でも、いつの間にか衣装が準備されていたので、それを着るだけですんでいましたし、ある程度年長になってからは法衣でいろいろなことを便利に乗り切ってきたので……今まで楽をさせてもらってきたんだなと痛感しています」

そう言って笑うイリスに、クリストフェルは複雑な表情を見せた。

「……ラーゲルレーブでは、正妃の息子として生まれながら、王子としては正当に扱われなかった…と、そう聞いている。そのことに対して思うところはないのか？」

少し踏み込んだことを聞いてきた。

恐らく、衣装を購入するためのお金を持っていない、どの程度用立ててもらえるものか分からない、と言ったからだろう。

イリスは少し考えてから、

「王子としての正当な扱い、というものがどういうことか分からないうちに聖堂で過ごすようになりましたので……。不自由も不便も、特には。ただ、記憶にも母のことはほとんどないのですが、他の兄弟たちが母親と一緒にいるところを見て、寂しく思ったことはあります。乳母はついていてくれましたが、聖堂に入ってからは身の回りのことを周囲の聖職者が手伝ってくれるようになって、会うことも少なくなっていましたし……」

そう答えたが、それを聞くクリストフェルの表情がイリスのことを過剰に憐れんでいるように見えた。

「でも、蔑《ないがし》ろにされて、というわけではないんですよ。母の故国もすでになく、後ろ盾のない正妃の王子なんていう不安定な存在を守るためには、聖職者として育てて、跡継ぎ争いから外すのが最善だったということは理解していますし、聖職者の学び以外の教育もちゃんと受けさせてもらいましたから」

微笑んでイリスは言う。

もちろん、そんな綺麗ごとばかりではないのはクリストフェルも分かっているらしく、何か言おうとしたが、一度やめてから、やや間を置き、

「君が、そう思っているのなら、俺が口を挟む話ではないな」

そう言ってから、

「ここを出たら、美味《うま》い物を食べに行こう。こんな苦行の後だ、少しくらい贅沢をしてもいいだろう」

少しおどけた様子で言ってくる。

「そうですね、賛成です」

イリスも笑って同意した。


衣装が決まって、後はでき上がるのを待つだけだ――とイリスは思っていた。

しかし現実は、違う。

ある程度でき上がった段階でフィッティングに呼び出され、動きに支障がないかを確かめたり、替えた装飾のバランスを見る作業があった。

そして衣装ができたらできたで、それに合わせる宝石選びに、履く靴や小物など、そういったこまごまとしたことを決めなくてはならず、その度にクリストフェルがイリスを迎えに来た。

「毎回、クリストフェル皇子の手を煩《わずら》わせてしまって……直接、こちらに連絡いただけたら一人で出向くんですが…」

クリストフェルは決して暇なわけではない。騎士としての訓練にもかなりの時間を割いているし、社交は苦手だと言いながらも、皇族として参加しなければならない集まりもある。

それに加えて皇帝の公務の一部を、二人の兄と共に手伝っているのだ。

もちろん、クリストフェルが同行してくれるのはありがたい。

イリス一人では決断ができないことの方が多いし、クリストフェルと一緒にいるのは楽しかった。

だが、忙しいのに、と思うと申し訳のなさが勝るのだ。

「気にしなくていい。俺がイリス殿と共にいたくて買って出ているだけだ」

そう言うとクリストフェルは「行こう」とイリスを促した。

今日はでき上がった衣装の最後のフィッティングだ。選んだ装飾品を実際に身につける最終チェックだった。

いつものように「選ぶ」作業がない分早く終わり、その後はクリストフェルと街に散策に出た。

これは、こうして出かけるようになって習慣のようになっていた。

「イリス殿、こちらもおいしいぞ」

散策で見つけた小さな小路の先にあった茶屋で、二人は午後のお茶を楽しんでいた。二人で出かけるようになってから、クリストフェルも入ったことがない店に入るのがいつの間にか散策のルールになっていた。

この前まではクリストフェルが「あるのは知っているが入ったことがない」店だったが、今日はとうとう「存在すら知らなかった店」になった。

本当に近くの人しか来ないような小さな店だったが、出される菓子類はとてもおいしかった。聞けば、店主は別の店に菓子を卸していて、少し形が不格好だったり、焼き色が強すぎたりしたものを自分の店で出しているのだという。

「あ、本当ですね。甘いのに爽やかで……」

クリストフェルと食事——というか菓子類などの軽食が多いが——をする時、クリストフェルとは大抵、分けあう。

クリストフェルから『もし嫌でなければ』と切り出されて始まった。そうすればいろんな種類のものを食べられるからというのが理由だったが、もう一つ、クリストフェルが口にしなかった理由がある。

イリスは小食だ。

そのため、いろいろなものが出ても食べられないことが多い。それを見ていたクリストフェルがシェアをと言い出し、分けるようになった。

分ける時の量は、クリストフェルが注文した分は半分イリスにくれるが、イリスからクリストフェルに渡す分は三分の二が彼の取り分になるようにしている。

どちらも半分ずつだと、結局イリスが食べきれなくなることがあるからだ。

「こういった菓子類なら、イリス殿はまだそこそこ食べられるな」

「そうですね。でも、お茶で膨らみ始めたら突然手が止まると思います」

イリスがそう言って笑うと、クリストフェルは腕組みをした。

「笑いごとではない気がするんだが。もう少し体に肉をつけた方がいい。アトリエのテーラーも採寸した時に驚いていたじゃないか」

「そのあたりは、母に似てしまったんだと思います」

そう言ってみるが、恐らくは食生活のせいだ。

幼い頃から聖堂で育ち、食べるものも聖堂の質素を旨としたものだった。大人たちにはそれで充分だっただろうが、成長期のイリスには足りなかったのだろう。

特に空腹だったという記憶もないが、イリス以外にも子供の頃から聖堂で育ったという者たちは、一様に小柄だ。

そして、その食生活を続けていたせいか、成長した今も、普通の人より小食らしい。らしいというのはイリスに自覚がなく、小食だと主張するのがクリストフェルだからだ。

騎士のクリストフェルと比べれば、確かに小食だと思う。たいていの人は。

けれど気遣ってくれて、イリスがいろんなものを楽しめるようにと考えてくれていること自体が嬉《うれ》しかった。

「イリス殿は、母君のことはどのくらい覚えている？」

母親の話題を少し出したからか、クリストフェルが遠慮がちに聞いた。

「覚えているのか、乳母《うば》から聞いて想像したのかあやふやな記憶しかないですね。何しろ母は嫁いでから亡くなるまでの期間も短かったので、肖像画も一枚、城にあった程度ですし、それも母が亡くなってから仕上げられたものなので」

「そうか……。すまない、悪いことを聞いた」

クリストフェルが謝ってくる。

「いえ、何も悪くはないです。……母のことは、国では殆《ほとん》ど触れられない話だったので、話題に上がるだけでも嬉しいです」

イリスはそう返してから、クリストフェルの優しさを誤解してはいけない、と思う。

クリストフェルは、イリスの境遇を知って同情から優しくしてくれているのだ。

そこに甘えることは、同情につけこむことになる。

――いろいろ、気を付けないと。

思いがけず皇帝一家と近い位置にいるが、あくまでも自分は修道士だ。

研修が終われば、国に帰る。

そうすれば王子ではなくなり、ただ神に仕える者になる。

――最後に母上のことを知ってる人と会えて、母上のことを思いだせる機会がもらえてよかった。

イリスはそんなことを思いながら、分けられた菓子を口に運んだ。

◇◆◇

一通りの必要なものが揃《そろ》い、後は生誕祭の日を待つだけ——だったある日、クリストフェルが再び大聖堂にやって来た。

「まだ何か必要なものがありましたか?」

不備でもあったのかと思って聞いたのだが、クリストフェルは頭を横に振った。

「今日は純粋に、遠乗りに誘いにきた」

「遠乗りですか?」

以前、馬に乗れるかと聞かれたことがあった。一応乗れると答えた時に、ではいつか遠乗りでも、と言われたのを覚えている。

「ああ。イリス殿をぜひ案内したいところがある。司祭の許可は得ているから、どうだろうか」

イリスがしばらく皇宮の行事のことでバタバタするというのは大聖堂の者は全員が知って

いた。それに付随して、恐らくは隠すことが困難になるだろうからと、王族であるということも明かした。

神の御前に人間が作った身分などは無意味、というのがアルステュル聖教の教えだし、イリスが大聖堂に研修に来て間もなく、一部の修道士はイリスの所作から、貴族階級か豪商の出身だろうと噂《うわさ》されていたらしく、ある程度の身分ということは予測できていたらしい。

しかし王族となると予想以上で、最初の間はみんなが戸惑っている様子だったが、イリスの態度が変わらないことでみんなすぐにそれまでと同じようにイリスを受け入れてくれた。

恐らく今日の外出も、今度の生誕祭がらみだと思ってくれるだろう。

それはそれで申し訳ない気がしたが、わざわざ来ているクリストフェルを断ることもできないし、何よりイリスは、行きたい、と思った。

「ありがとうございます。ぜひ」

イリスが返事をすると、クリストフェルは微笑《ほほえ》んだ。

「では、行こう」

そう言って出された手を取り、イリスはクリストフェルと共に外へと向かった。

それぞれ馬に乗り、クリストフェルの先導で向かったのはかなり郊外だった。

帝都から馬で一時間と少し、景色はすっかり変わり、森を一つ越えた先に広がっていたのは見晴らしのいい丘陵と水を湛《たた》えた大きな湖だった。

「凄い……」

空の青さを写し取ったような湖面が、吹く風に少し波立つ。

建物はなく、いくらかの木立がある程度だ。

何もないと言えば何もない場所だが、作られていない自然の美しさがあると思った。

「俺は、ここの景色が好きでよく来る」

「とても、美しいところだと思います。凄いです……」

イリスは景色に見入りながら返事をする。

その様子にイリスは息を吐いた。

「よかった。つまらない場所に連れて来たと言われるかと心配していた」

「そんなこと言いませんよ。こんなに美しいところなら、誰かが別荘を建てたりしてもおかしくないのに……かえって贅沢です」

景色の綺麗《きれい》な場所所は、大抵貴族か、金持ちの商人のもので、そこに別荘を建てたり、観光客目当ての宿を建てたりする。

貴族の別荘が建ってしまえば周辺は立ち入り禁止になるし、宿ができれば客を目当ての店ができ始めて、景観が崩れるのだ。

それがされていない場所というのは、とても貴重に思えた。

「ここは皇帝直轄領の一つだ。あの湖は帝都の水源の一つで、周囲には建物を建てないようにしてある。……まあ、子供たちが泳いだり、土地の住民が魚を釣りに来ているだろうが、そこまで目くじらを立てて管理をするつもりもない」

「そうなんですね。泳げたら、きっと気持ちがいいんでしょうね」

「イリス殿、泳ぎは？」

問われて、イリスは頭を横に振った。

「いえ、泳ぎに行ったことすらないので」

「では、次の夏に俺が教えよう」

クリストフェルが言うのにイリスは頷《うなず》きかけて、苦笑する。

「……夏には、ラーゲルレーブに戻っていると思います」

クリストフェルと出会った洗礼式から五か月。季節は夏を越えて秋になっている。春になったらイリスは研修を終えてラーゲルレーブに帰るのだ。

「そうか…そうだったな」

クリストフェルは少し眉間《みけん》にしわを寄せて返した。

「そう言えば今年の夏は避暑地に行かれなかったのですね」

確か去年はシェルという地方に、コンラードを連れて出かけたと話していたはずだ。

「ああ、今年は例年ほどの暑さではなかったのと……コンラードが勉強熱心だったからな」

クリストフェルの言葉通り、今年の夏は雨が多かったこともあり、去年の夏のように暑くはなかった。

「そういえばそうですね。去年は大聖堂の壁に張りついて涼を取っていましたが、確かにその回数は少なかったです」

「壁に張りついて、涼を？」

「ええ。みんなそうやって涼むんですよ。時々、誰かが張りついた後だったりして、生温かったりするときもあって、微妙な気持ちになることもあります」

イリスが言うのにクリストフェルは笑った。

「壁に修道士がズラリと張りついているのか、なかなかの光景だな」

クリストフェルが笑ってくれて、よかった、と思う。

イリスが国に戻ることを惜しんでくれるのは嬉しい。

国に戻って歓迎されるかどうか分からないから、なおさらのことだ。

けれど、戻って聖職者になることはずっと以前から決まっていたことだ。それはちょっとやそっとのことでは変えることができない。

イリスが王位など狙っていないといくら言ったところで、担ぎあげようとする者が出てくる可能性があり、それを排除するために命を狙うものも出てくるだろう。

それを避けるために、乳母が聖職者への道を歩ませたのだ。

命を奪われやすい子供の頃に。

そして乳母が願った通り、イリスは殺されることなく、成長できた。

テオレルが存在していれば、頼ることもできただろう。

だが、イリスの帰る場所はラーゲルレーブしかないのだ。

「食事にしようか。いろいろ、持ってきた」

クリストフェルは馬に積んだ荷物を下ろした。

敷き布を広げ、飲み物の入った瓶、食事の詰められたバスケット。

二人での昼食には多すぎるのではないかと思う量の料理だが、すべての種類の料理が少しずつ分けられていた。

恐らくクリストフェルが、イリスがいろんなものを食べられるようにと料理人に伝えたのだろう。

「……皇子は、本当に優しい方ですね」

敷き布に腰を下ろし、イリスが言う。料理を挟んで隣に座したクリストフェルが首を傾《かし》げた。

「そうだろうか？」

「ええ、とてもお優しいと思います。……風邪《かぜ》を引いた時も、一晩ついていてくださって。

大事なお体なのに、伝染《うつ》らなくてよかったです」

「大事な体なのは、イリス殿とて同じだろう」

「帝国の偉大なる騎士と、修道士では違いますよ。……いつも気にかけてくださって、ありがたいと思ってます」

礼を言うイリスに、クリストフェルはイリスの目を真っすぐに見て言った。

「誰にでも優しいわけではない」

その言葉の真意を測りかねていると、

「洗礼式で、イリス殿を初めて見た時に天使がいるのかと……ありていに言えば、一目ぼれをした」

突然、そんな告白をされた。

「あの……」

「大聖堂に通ったのも、騎士団の団員の様子を見るなんて理由付けはしたが、それまでは団員の様子を見にいっても大聖堂に立ち寄ることなどしなかった。イリス殿に会えるかもしれないと、そんな下心があってのことだ。コンラードの教育係になったことは、すべてが決まってから伝えられたが、コンラードの授業にできるだけ付き添うことにしていたのも、イリス殿に会いたかったからだ」

イリスはクリストフェルの言葉に、どう返していいか分からなかった。

――クリストフェル皇子が、私を？

アルステュル聖教では同性婚も認められている。

イリスも同性婚の儀式に立ち会ったことがあるし、特別偏見があるわけではない。

むしろ聖教では『神の御前で誓った愛』に対しての責任が強く求められるため、姦通《かんつう》、姦《かん》淫《いん》と言ったことの方がタブー視されているのだ。

とはいえ、クリストフェルの立場を考えれば、クリストフェルの言葉にどう返事をしていいのか分からなかった。

すでに、妃候補《きさき》の令嬢たちは何人もいるはずだ。その筆頭がルンデル侯爵《こうしゃく》令嬢だろう。

もし彼女ではなくとも、しかるべき令嬢が妃の座に収まるのがふさわしいことくらい、簡単にわかる。

無言のままのイリスに、クリストフェルは、

「迷惑なら、言ってくれ。……できるだけ、会わないようにする」

静かだが、苦いものを含んだような声で言った。

その言葉にイリスは一度視線を下げてから、

「分からないんです……」

呟《つぶや》き、少し間をおいて続けた。

「子供のころから聖堂で暮らし始めたので、恋愛や結婚というのは遠い話だったんです」

王族に生まれれば、幼いうちに婚約者が決まっていることも珍しくはないし、その相手が

「●●家の令嬢の××、令息の××」というように個人で決まっていることもあるが、大抵は「●●家の娘の誰か、息子の誰か」と家柄だけが決まっていることもある。

　王族の結婚などというのは、国の意思というものが反映されるからだ。

　イリスの兄弟たちは、みんな年端《としは》もいかないうちから結婚相手が決まっていた。

　聖職者は結婚を禁じられているため、聖堂に入ったイリスだけは例外で、そのせいで恋愛も結婚も、イリスの世界には存在しなかった。

「街の方の懺悔《ざんげ》を聞くこともあるので、そんな時に多少はそういった恋の悩みや、夫婦間の行き違いのようなことを聞くことはあるんですが、自分自身にそういう経験というのはなくて」

　静かで、感情の起伏の少ない世界で生きてきて、クリストフェルやコンラードといった、豊かな感情を持った人と長い時間接するということ自体、イリスにとっては特別なことで、まるで彼らは別世界の人だった。

「向けてくださる好意や優しさを、嬉しいと思いますし……疎《うと》ましく思っていたら、きっと今日もついてきてはいないと思うんです。でも……これまで、いろんな意味で、気持ちというか、愛情を向けてくれる人が少なかったので……皇子が優しくして下さることに対して、嬉しいとか思う今の自分の気持ちを、恋愛のものだと勘違いしてしまっているかもしれなくて」

自分でどう分類していいか分からない感情だと思う。クリストフェルと共に過ごす時間は楽しいし、クリストフェル自身にも好意を持っている。それは確かだ。

しかしこれが恋愛的な好き、という感情なのか、それすらわからないのだ。

イリスの言葉に、クリストフェルは少し微笑んだ。

そして、そっと手を伸ばしイリスの頬にその手を添える。

「なら、イリス殿が一生勘違いしてくれるように努力しよう」

そう言って、顔を寄せてくる。

何？　と思っていた時には、イリスの唇にクリストフェルの唇が触れていた。柔らかな感触に戸惑う間もなく、唇を割って舌が入り込んでくる。

生々しい感触にイリスの体が震えた。

それを感じ取ると、クリストフェルは無理を強《し》いず、そっと離れた。

「……すまない、気が急《せ》いた」

「…いえ」

クリストフェルの顔が恥ずかしくて見られなくて、イリスは俯《うつむ》く。

まるで走った直後のように鼓動《こどう》が速くて、顔が熱い。

「……食事にしよう」

クリストフェルが話を変えるように言い、料理に手を伸ばす。

イリスは鼓動が少し整うのを待ってから、今のことを少しの間遠くに押しやるつもりで料理に手を伸ばした。

「おじうえは、こんどのとうばつには、いかないんでしょう?」

いつもの授業の後のお茶の時間、コンラードは今日も授業の様子を見に来て、そのまま一緒にお茶を飲むことになったクリストフェルに聞いた。

「ああ、行くと陛下の生誕祭に間にあわないからな」

クリストフェルの返事に、コンラードは、

「あ、そっか! でも、そのつぎのとうばつには、いくの?」

再び聞いてくる。

「どうだろうな。俺を討伐に行かせたいのか?」

「ううん。とうばつのおはなしがききたいだけ。まじゅうは、すごくおおきくてつよいんでしょう?」

「そうだな。気配に敏感だから、まず魔獣を見かけたら騒がず、じっと息を殺して見つからないようにするのが大事だ」

「えいやって、たいじしないの?」

「仲間が何匹いるか分からないからな。それが分かったら作戦を立てて、退治する」

「群れで行動するものもいるんですか？」

イリスが問うと、クリストフェルは頷いた。

「単独のものが多いが、三匹程度の小さな群れのものはいる。あとは、繁殖して子供を連れている場合もあるな」

魔獣の厄介なところは、人界の他の動物と交雑できる種がいる上に、繁殖力が強いところだ。そのせいで多種多様な魔獣が生まれてしまっている。

ただ、魔族の血を引くものを宿した場合は妊娠期間が通常の倍、またはそれ以上になるので、子供を産むまでの間に討伐して母数を減らすことが大切になる。

「こちらで出る魔獣は、血の薄まったものが多いが、ラーゲルレーブでは、血の濃いものも多いだろう」

クリストフェルの言葉にイリスは頷いた。

隣国だったテオレルが魔族の支配地域になってから、そこからやってくる魔獣は、純血種も多いと聞いていた。

「僕は直接魔獣を見たことはありませんが……純血種は仔犬のような魔獣でも灰色熊《はいいろぐま》のように強いと」

「ラーゲルレーブの討伐は、ここと比べ物にならないんだろうな」

「国王は、魔導師の育成に力を入れています。魔導師の術で魔獣の弱体化を図れれば、討伐

「ああ。こちらでも討伐隊には魔導師が同行する。動きを制限したりな」

話を聞いていたコンラードは、

「おじうえみたいに、きしにもなりたいけど、まどうしにもなってみたい。ほうせきのついたつえを、えいってふるの」

コンラードは子供らしい夢を口にする。

それに、イリスとクリストフェルは笑みを浮かべた。


お茶の時間が終わり、コンラードの部屋を出る。

皇宮の馬車寄せまではクリストフェルが送ってくれることが半ば習慣化しているのだが、

「イリス殿、時間があるなら少し俺の部屋に寄って行かないか」

クリストフェルは廊下を歩き始めて間もなく、そう聞いてきた。

湖畔で告白されてから三週間。

あのあとすぐの授業にもクリストフェルは同席していた。正直に言えば、イリスにとってそれはものすごくやりづらい授業だったし、その後のお茶の時間にしても平静ではいられなかった。

どうしてもクリストフェルの存在を意識してしまうし、クリストフェルが何かを口にするたびに、あの唇が、と思い出してしまったからだ。

それでもなんとか、コンラードにだけはおかしいと気付かれないよう過ごし、部屋を出た後、馬車寄せに向かう途中で足を止めたクリストフェルに改めて交際を申し込まれた。

「この前は、その…合意を得ずにあのようなことをしてしまって、申し訳ないと思っている」

改めてあの時のことを持ちだされ、イリスは恥ずかしくてクリストフェルの顔を見ることがまたできなくなる。

「いえ、その、それについては、気にしていない、です」

「イリス殿がいいと言うまでは、決してあのような不埒《ふらち》な真似《まね》はしないと誓う。……ただ、俺のことをもう少し知ってほしい。そのための時間を俺のために割いてもらえないだろうか」

「それは…大聖堂での仕事もあるので」

コンラードの家庭教師をしていることや、今回の生誕祭のことなどで修道士として大聖堂で過ごす時間が少なくなっている。

そのことについては修道士仲間も上の者も理解してくれているが、そこに甘えてはいけないと思うのだ。

「コンラードの授業の後、三十分でもいい。それも無理なら、大聖堂まで送る時間だけでもいい。もう、あまり時間がないだろう」

「時間？」

「このままでは、春にはイリス殿はラーゲルレーブへ戻ってしまう。国に戻ればイリス殿は聖職者、俗世から離れた身分になる。そうなれば還俗《げんぞく》することは、できなくはないだろうがかなり難しい。今なら、まだイリス殿はこちらの世界にも身を置いているからここに残ってもらうこともできる」

「皇子……」

「俺は、イリス殿に結婚を前提に付き合ってもらいたいと思っている。もちろん、今すぐに返事が欲しいわけではないが、まずは結婚を前提につきあうということについて承諾をもらうために、イリス殿を説得する時間が欲しい」

クリストフェルのその言葉に、イリスは少し笑った。

「イリス殿？」

「すみません。いきなり結婚を前提にした交際を申し込まれる展開だと思ったら、そのもう一つ前の段階だったので……」

「段階をきちんと経てというのは当然だ。……その、この前は軽率な行動になったが」

クリストフェルは、真っすぐでまじめな人なのだと思った。

優しくてまじめで、だからこそ、イリスの境遇を憐《あわ》れんでそれに引きずられている可能性もある。

そのこともあわせて、もう少し考えて欲しいと頼み、次の授業の後で気になっていることをいろいろ聞いて——そしてとりあえず「『結婚を前提としたおつきあい』を前提にした友達づきあい」から始めることになった。

とはいえ、である。

「これって、友達の距離感なんでしょうか？」

クリストフェルの部屋のソファーに腰を下ろしたのはいいのだが、クリストフェルはイリスの隣にゼロ距離で座ってきた。

「俺の中ではそうだな」

「……私の中では、いささか近すぎるんですが」

そう言ってみるがクリストフェルは引く気配がない。

だが、その距離を、戸惑いはするものの嫌ではない自分もいるのだ。

もちろん、クリストフェルもそこから肩を抱いたりだとか、そういったことはしてこない。

そのまま普通に何気ない会話——今日は、今度の生誕祭での大体の流れや、招待されている各国の客や大使などの話をした。

そしてそのまま、大聖堂まで送ってくれる。

ちなみに徒歩だ。

その帰り道も少しだけ寄り道——頼まれた買い物を含む——をしながら、大聖堂まで送ってもらうのが定番のコースになっていた。

「今日もお二人、お揃いですね」

この日も、イリスは買い物を頼まれていて、薬草店に立ち寄った。

「大事な家庭教師に何かあってはいけないからな」

クリストフェルはそう言うが、

「おや、護衛でしたか。てっきりおつきあいされているのかと」

店主は少し驚いた様子で言う。

「そんな噂になっているのか？」

「そりゃあ、お二人は目立ちますから。御一緒のところを頻繁に見かけますし、もしかしたらって噂になってますよ」

そう言う店主にクリストフェルは、

「少し前まではどこぞの令嬢と噂を立てられていたが、俺は随分と節操なしだと思われているんだな」

そう言って苦笑いする。

「色男には間違いないと思っていますがね」

店主も悪びれずに返しながら、包んだ薬草をイリスに渡した。

金を払い、薬草店を出て少ししてから、

「……噂にまでなってるんですね」

「まあ、一緒によく出歩いているのは事実だからな。イリス殿との噂ならそのまま真実にしてもまったく構わないんだが」

「クリストフェル皇子は、本当にいいんですか？　聖教で同性同士の婚姻が認められているので偏見を持つ人は少ないですが……いないわけではありませんし」

薬草店の店主だけではなく、あちこちの店をはじめ、市井《しせい》の人達とのクリストフェルのやりとりを何度も見てきて、クリストフェルがどれだけ彼らに信頼を寄せられているかは充分に理解している。

そのクリストフェルの評判に傷をつけるのが怖い。

「そんな瑣末《さまつ》なことでどうこう言う者たちの意見など、聞くに値しないからな」

クリストフェルははっきりと言いきってから、

「そんなことを気にしてくれるということは、『友達づきあい』から『結婚を前提としたつきあい』に昇格したと思っていいのか？」

少し笑って聞いてくる。

「……まだ、少し早いです」

そんな風に返したものの、多分、イリスの気持ちがクリストフェルにそういう意味で傾きはじめているのは悟られていると思う。

そして悟っていても、強引に話を進めてはこない優しさがあった。

クリストフェルは、いつでも優しかった。

イリスが与えられなかった温かさを、たやすく与えてくれた。

『少し早い』

それは、クリストフェルがどうこうというのではなく、イリス自身が、与えられる優しさや温かさに縋《すが》っているだけかもしれないと思うからだ。

そんな甘えた気持ちでいれば、クリストフェルの重荷にしかならない。

だから、もう少しだけ、待ってほしいと思う。

ラーゲルレーブに戻るのは春。

今はまだ、秋だ。

冬の終わる前に、決めればいい。

回答の先延ばしでしかないと分かってはいたが——不慣れな感情を整理して覚悟をきめるのに、もう少しだけ、時間が欲しかった。

◇◆◇

アールステット帝国皇帝の生誕祭は盛大に行われた。

昼間に皇宮聖堂で行われた儀式は、この前の前皇妃の祭礼とは違い、華やかなものだった。

色とりどりの花で飾られた祭壇、聖歌隊の数も倍。

何より儀式を行う主だった聖職者の衣装は、前回は『死者に捧げる儀式』だったことから、まったくの装飾なしだったが、今回は『祝いの儀式』のため、法衣の上に着た鮮やかなローブには聖職者の装飾に唯一《ゆいいつ》使われる紫輝石《しきせき》をつけていた。

もちろん、一介の修道士であるイリスには、そういった装飾類はないのだが。

儀式が無事に終わった後、イリスは夕刻から始まる晩餐会《ばんさんかい》とそれに続く夜会の準備のために、皇宮の客間に移動した。

衣装の適切な保管や、警備の問題で、そうするのが一番いいということになったからだ。

客間で着替えを終えて時間を待っていると、部屋にクリストフェルが皇妃を伴ってやって来た。

「まあ、なんていうこと！　衣装が届いた時は、もう少し装飾があってもと思ったけれど、こうして着ているところを見るとイリス殿の清楚な美しさが際立つわね」

「だから、心配ないと言ったでしょう。母上は俺の言葉をまったく信用して下さらない」

苦笑いしてクリストフェルが言う。

「皇妃様のおかげで、このように素敵な衣装をあつらえていただけました。ありがとうございます」

礼を言うイリスに、皇妃は、

「ああ、いいのよ、そんなこと。あなたになら、何着でも服を作って差し上げたいわ。今の白に銀糸のジャケットもとても素敵だけれど、柔らかな緑や、淡い水色もきっと似合うと思うのよ」

嬉しそうに言う。

「母上、イリス殿が褒めたたえるにふさわしい美しさなのは分かりますが、用件が他にあったのでは？」

そのまま喋《しゃべ》り続けそうな皇妃に、クリストフェルが促すと、

「ああ、そうだったわ。晩餐会の席順のことなの。イリス殿はコンラードの家庭教師もしてくださっているし、ラーゲルレーブの王族だから、少なくとも中程に席を準備すべきなのだけれど、ラーゲルレーブの後継者についてはいろいろとまだ決まっていないことも多いでしょう？　イリス殿が聖職者となるべく育てられた経緯《いきさつ》を考えれば、ここでの席順のことで余計な波風を立たせることにもなるかもしれないので、王族としては一番下の席になってしまうの」

申し訳なさそうに皇妃は言った。

「いえ、御配慮いただきましてありがたく思います。かえってお気を使わせて申し訳ありません」

正式な晩餐では座る席順一つをとっても細かなしきたりがある。

イリスのような微妙な立場の存在を、どこに座らせるかについては、随分と悩ませてしまっただろうと思う。

「うるさく言う者たちがいなければ、私の隣に座って欲しいくらいだわ」

そう言う皇妃にクリストフェルは、

「ではその反対隣は俺が」

と、言いだして、イリスはその言葉に慌てる。

クリストフェルと「『結婚を前提としたおつきあい』のための友達づきあい」はあくまでもまだイリスとクリストフェルの間だけでの話であり、皇妃の耳に入れるべきではないからだ。

だが皇妃はクリストフェルの言葉を冗談だと受け取ったらしく、

「あなたに反対隣を取られたら、コンラードはきっとイリス殿の膝の上を占拠するわね」

笑って返す。

それにイリスはほっとした。

少しの間、軽い話をして、皇妃は客間を後にした。

「クリストフェル皇子はまだいらっしゃらなくていいのですか？」

「ああ。ヘタに控えの間にいたら、面倒なことに駆り出されかねないからな」

「面倒なこと？」

「賓客や諸侯への挨拶だ。思ってもない世辞を言うことほど疲れるものはないからな」

そう言ってからイリスの姿をマジマジと見る。

「母上も褒めていたが、本当に綺麗だ」

「……何度も、ご覧になっているじゃないですか」

アトリエでのフィッティングや、装飾品をすべてつけてバランスを見る時にもクリストフェルは同席していたのだから、初めて見る姿ではない。

「何度褒めても構わないだろう」

「お世辞を言うのは疲れるのでは？」

クリストフェルがさっき言った言葉を繰り返せば、

「思ってもない世辞を言うのはな。イリス殿が美しいのは事実だから疲れるわけがない」

ニヤリと笑って言ってくる。

そう言えばイリスが照れるのを知っているからだ。

それが少し悔しくて、

「クリストフェル皇子も、とても素敵です。凛々《りり》しさと美しさが見事に融合していて」

褒めてみたのだが、

「イリス殿に褒められるのは格別だな」

にこやかに返されて、普通に喜ばれただけだった。

結局、晩餐会が始まる時間まで、クリストフェルは客間にいた。

晩餐会で準備されていたイリスの席は、事前に皇妃に言われていた通り、招かれている王族の中では一番末席で、一方には他国の大使が座した。

一応、隣になる時に名乗り挨拶をしたのだがイリスの左右に座る二人とも、一様に驚いた顔をしていたので、大聖堂に研修で修道士として来ていることと、コンラードの家庭教師を務めている縁で今夜招かれたと伝えると、納得した様子だった。

晩餐会は全体的に和やかなムードだった。とはいえ、やはりいろいろと噂のあるラーゲルレーブの第五王子に関心があるらしく、

「唯一の正妃のお子でいらっしゃるというのに、聖職者に、とは…。複雑なお立場であることはお察しいたしますが、なんともお労《いたわ》しい」

同情的に言ってきたのは隣に座す、帝国に与する小国の王弟だった。

その王弟の言葉に、近くの席にいた他の客たちがイリスがどう応えるのか、聞き耳を立てているような気がした。

いろいろと脚色された「可哀想な王子」の話を聞いていて、本人がどう答えるのか興味があるのだろう。

「後継者候補になる者の数が多ければ、それは国の危機となった時には心強いですが、ラーゲルレーブが危機となる事態に陥る可能性は少ないでしょう。唯一の脅威はヴォーレルですが、父は魔導師の育成に力を入れておりますし、地理的にラーゲルレーブに攻め入るよりは、東に攻め入る可能性の方が高いので、ラーゲルレーブは油断できないとは言っても一定の平穏を保っています。この状況下では多すぎる後継者候補は国を割る種にもなりかねませんし……国のために祈りを捧げる聖職者にというのは、正しい判断ではなかったかと思います」

イリスは穏やかな声で言う。

それは自分の境遇に、ほんの少しの葛藤《かっとう》も持っていないと分からせるに充分だった。

だが、イリスのその返事は、問いかけをした王弟の、ほんの少しの意地の悪さを露見させることになった。

そして小国の王弟は予期せぬ返事に咄嗟《とっさ》に返す言葉が出なかった様子で余計に焦った顔をする。

その様子にイリスは、

「確か、殿下の国には一晩だけ咲くとても美しい青い花があるとか。なんという名前か、思い出せないのですが」

さらりと話題を変えた。

「ああ、ブルーガーデンという花です。群生地がありましてね、満月の夜に月明かりで照らされる様子はとても言葉で表せない美しさですよ。一晩で終わってしまうのが本当に惜しい」

王弟が言うと、イリスの逆隣に座していた別の王族が、

「私もそれが見たくて行ったことがあるんですが、二日前に大半が咲き終わってしまったところで……」

と話しだし、そのまま、イリスの話題が戻ってくることはなかった。

こうして晩餐会を終えると、この後は晩餐会に招かれていない客も参加しての夜会となる。

夜会の会場となる大広間は――晩餐会の会場もだったが――、光の魔法石で真昼のごとき明るさで照らされていた。

皇帝と皇妃が会場に入るまで、夜会の会場は晩餐会に引き続き参加する各国の王族や大使、使者、そして招待を受けた帝国の諸侯たちの交流の時間となる。

幼くて晩餐会には参加しなかったコンラードも、祝いのための正装をして、似た年の可愛らしいドレスを着た幼女――恐らく皇太子の娘だろう――と、踊る真似事をして遊んでいる。

その無邪気さを可愛いと思いながら見つめていると、視界の端にクリストフェルが入った。

クリストフェルは、貴族令嬢たちに囲まれていた。

――完全包囲って感じだな……。

そんなことを思っていると、

「気になる?」

不意に声をかけられて視線を向けると、フレデリクがいた。

「いえ、特には」

「そうなんだ？　それは、愛されてるっていう確信から来る余裕なのかな」

さらりと言われて、イリスは目を見開いた。

――なにか、言わなきゃ…。

そう思うものの、まさか知られていると思っていなかったので、適当にごまかせる言葉も出てこない。

――冗談めかして『ええ、そうです』とか？

そう思うが、間があいてしまった時点で認めたも同じだ。

返事のできないイリスに、

「クリストフェルは、顔に出やすいからね」

笑いながら言った後、

「洗礼式の時、ずっと君を見てたから、これは、と思ってたんだよね。そうしたら、それまでほとんど行きもしなかった大聖堂に足しげく通い始めるし、コンラードの家庭教師になってもらったら、三度の食事より鍛錬ってタイプだったのに、その時間を割いてでも授業につきあうようになるし。もう確定だよね」

そう続ける。

どうやら、最初から分かっていたらしい。

「私を、コンラード皇子の家庭教師にと選んでくださったのは、それが理由ですか？」

そうであってもおかしくないというか、きちんと教育係がいるにもかかわらず、ただの修道士を家庭教師にということ自体が、そうでもなければありえないことだ。

しかし、フレデリクは、

「それは違うよ。コンラードの勉強嫌いには本当に手を焼いていたからね。コンラードがやけに懐いてる君に一縷《いちる》の望みをかけたんだ。弟よりも息子を大事に思う程度には薄情な兄だからね」

そう言って笑う。

その言葉にイリスがどう返事をしようかと思っていると、やっと令嬢たちの包囲網から抜け出したクリストフェルがやってきた。

「楽しそうに二人で何の話を？」

そう聞くクリストフェルに、

「おまえの悪口を楽しんでたよ」

さらりとフレデリクは言う。

「嘘ですよ。そんなことは話してないです」

イリスが慌てて訂正する。

「ああ、イリス殿が俺の悪口なんか言うはずがないからな。兄上は別として」

「信頼されてて嬉しい限りだよ」

二人のいつもの罪のない会話に、イリスはほっとする。

その時、ファファーンとトランペットの音が響いて、皇帝と皇妃が会場に入ってきた。

それに全員が恭《うやうや》しく頭《こうべ》を垂れて迎え入れる。

上座の席に二人が辿《たど》りつき、皇帝が挨拶を始めた。

「私の誕生日を祝うため、こうして多くの方々が集ってくださったことを嬉しく思う。皆と、帝国の民、帝国と共に歩んでくれる諸国の全てに幸いあらんことを」

その言葉の後、音楽が奏でられファーストダンスが始まる。皇帝が皇妃と踊り始め、少しずつ間をおいて、皇太子と皇太子妃が、そしてフレデリクとリーサが踊り始めて、その後は招待客がそれぞれともなってきた夫人や婚約者、パートナーがいなけば狙っている相手などを誘って踊り始める。

「皇子は、踊らなくていいんですか？」

問うイリスに、

「イリス殿が踊ってくれるなら」

クリストフェルはさらりと返してくる。

「王子が女性の方を踊ってくださるなら」

イリスが返した時、美しい黒髪の令嬢が近づいてきた。

いつだったか、庭園でクリストフェルと一緒にいたルンデル侯爵令嬢だった。マロン色の瞳を細めて微笑みながら、

「誘ってはくださらないんですか？　皇子」

クリストフェルに言う。

女性に言わせておいて、怪我《けが》をしているだとか、正式に決まった相手がいるだとか、そういう正当な理由がなく無下に断るのは恥をかかせる。

そもそも誘ってくる女性の側も、誘えるだけの親しさがあるから申し込んでくるのだ。

「あまり得意ではないので、ハンナ殿の期待に沿えるかどうかはわからないが」

そう言いながらもクリストフェルはハンナの手を取り、踊り始めた。

得意ではないというものの、皇子としてはダンスもたしなみの一つだ。見事にステップを踏んでリードをしている。

その姿を見ていると、何度かターンをする中で、ハンナがイリスの方に視線をやり、にやりと笑ってきた。

——何だ、今のは……？

意味ありげな笑いはいい気がしないが、これまでハンナとは遠目に見たという程度でほぼ面識がない。

見ればイリスの近くに、別の令嬢がいた。

――ああ、彼女に見せつけたのか……。

ファーストダンスの相手というのは、大事な相手らしいということだけは知っているので、クリストフェルの最初の相手を巡っての何やら小さな取り合いのようなものでもあったのかな、とイリスは思う。

――さっき、囲まれてたし……。

独身の文句なしに格好いい皇子なのだから、当然のことだろうと他人事《ひとごと》のように思う。

ファーストダンスが終わっても、ハンナはクリストフェルの腕を離さず、いろんな相手と二人で一緒に談笑していた。演奏は続き、入れ替わり他の客たちが踊る中、イリスはイリスで「あまりお見かけしない方ですね」と話しかけてくる人がいて、名乗れば一様に興味津々《しんしん》といった様子で、いろいろと聞いてくる。

ほぼ、晩餐会での王弟と変わりないことを聞きたがり、同じように返したのだが、王弟が下世話なことを聞いたと引き下がったのに対して、彼らはさらに食いさがってくる。

どうしたものかと思っていると、

「イリスどの！」

幼い声がして、コンラードがイリスの足に抱きついた。

「コンラード皇子、こんばんは」

「こんばんは、イリスどの。きょうのイリスどの、すごくきれい。とおくからでもきれいで、すぐにわかったよ！」

目をキラキラさせてコンラードは言う。

「コンラード皇子も、今日もとても格好いいですよ」

褒めるとコンラードは嬉しそうに笑う。

「この子はそろそろ眠る時間だから、お休みの挨拶に」

後からゆっくりとコンラードを追って来たリーサが言う。

「ははうえ、もうすこしだけダメ？　イリスどのと、もうすこしおはなししたい」

甘えるような声で言うが、

「ダメよ。明日、授業があるのですから、イリス殿にはすぐに会えるでしょう？」

リーサが否を言い渡す。コンラードは唇を尖《とが》らせるが、

「コンラード皇子、明日の授業でも元気なお姿を拝見できるように、今日はゆっくりお休みください」

イリスが背をかがめて言うと、コンラードはまだ少し拗《す》ねた様子を見せたが、

「わかった。イリスどのおやすみなさい」

そう挨拶をして、両手を広げてハグを求めてくる。

それに応え、イリスは軽くコンラードを抱き締めると、

「お休みなさいませ、コンラード皇子」

そう返して、リーサを見上げ軽く会釈をする。

リーサは頷くと、コンラードと一緒に会場を出ていく。その様子を見送っていると、

「やっと戻って来られた」

なんとかハンナから離れてクリストフェルが戻ってきた。そして、そっとイリスに耳打ちする。

「もう少ししたら、ここを出よう。疲れた」

夜会はまだ序盤もいいところだ。

「まだ一曲踊られただけですよ」

その程度で疲れるわけがない。もちろん疲れの理由は別にあると分かっているので、イリスは少し笑いながら返した。

「魔獣討伐の方がよほど楽だ。殺せば済む」

うんざりした、といった様子を見せる。

「社交が苦手だとはお伺いしていましたが、本当にそうなんですね」

「だから騎士になる道を選んで、逃げられる限りこういった場からは逃げてきたんだ。遠征隊に参加をしたりしてな」

騎士になる道を選んだ理由が本当にそれだけだとは思わないが、騎士になってからそれを

理由によほどのこと以外は欠席をしてきたんだろうなと思う。

「ですが、皇子でいらっしゃる以上、こういった席から逃れ続けることは難しいのでは？」

「その辺りは考えてある」

そう言ってクリストフェルはニヤリとする。

並大抵のことでは難しそうだけどな、と思っていると、

「クリストフェル皇子、ヘルバリの大使が魔獣討伐のことで少しお話がしたいと」

会場内で不備がないかを見まわっている従者がクリストフェルを呼びにきた。

クリストフェルは少したため息をつき、

「やっと戻って来たというのに。すまない、少し待っていてくれ」

そう言うと、従者と共にイリスの元を離れた。

そしてイリスは、あまり人の興味を引きたくないので端の方で待っていることにしたのだが、しばらくするとハンナが取り巻きの令嬢を五、六人連れて近づいてきた。

「先程もお会い致しましたわね」

「ご挨拶もせず、申し訳ありません。修道士のイリスと申します。コンラード皇子の家庭教師を務めさせていただいております」

一応は丁寧に挨拶をする。修道士としてしか身分を明かさなかったのは、王子であることが知れればまた面倒なことになると思ったからだ。

「ハンナ・ルンデルと申します」

クリストフェルと一緒にいたので、一応は挨拶しておいた方がいいと考えて声をかけてきたのかと思ったのだが、

「ラーゲルレーブから大聖堂に研修でいらしているとか？」

「そうです」

挨拶だけではなくまだ話を続けてきた。

——あ、これ、面倒な流れになる。

ハンナの表情から彼女がイリスのもう一つの身分を知っていることはなんとなくわかった。知っていてもおかしくはないと思うが、イリスが修道士としての身分しか明かさなかった以上はその辺りの意図を汲《く》むのが社交界の礼儀でもある。しかし、

「修道士でもあり、ラーゲルレーブ王国第五王子にして、正妃を母に持つ唯一の嫡男、イリス殿下でいらっしゃいますわね」

ハンナは少し毒を含んだ笑みを浮かべて、わざわざ言った。

とはいえ、よくある流れだ。適当に流せばいい。

「それが何か」

「いいえ？　魔物に見初《みそ》められたと噂の母君譲りの美貌《びぼう》だと思いまして」

にこやかに悪意を込めてハンナは言う。

そして『魔物』という言葉に、取り巻きの令嬢が、

「魔物？」

「どういうことですの？」

わざとらしく、少し大きめの声を上げる。それに近くにいた客の視線がイリスたちに向いた。

無理もない『魔物』や『魔獣』といった存在は、誰もに共通した脅威でもあるし、そういった話題自体が、祝いの席上にふさわしくない話題でもある。

二つの意味で客たちは注目した。

「ラーゲルレーブの北に、テオレルという王国があったことは皆様ご存知？　私たちが生まれた頃に、魔国・ヴォーレルに襲われ、失われてしまいましたの。その王国でただ一人、幸運にも生き残られた王族が、イリス殿の母君でいらっしゃるシェスティン王妃でいらっしゃるのよ」

ハンナが説明する。

「まあ、恐ろしい」

取り巻きが眉根を寄せて言う。恐ろしいなどという割には、楽しげだ。

「とてもお美しい方で、ヴォーレル王はその美貌に心奪われて、テオレルを襲ったという噂が。その中でも特に美しかったのは彼女の黄色がかったオレンジと青の『海と大地の瞳』。その瞳の輝きにヴォーレルの王も、ラーゲルレーブの王も誘惑されたとか。母君譲りのその

瞳でクリストフェル皇子も惑わされたのかしら？」

ハンナの耳にも、イリスがクリストフェルと親しくしているという噂は入っているのだろう。

同性婚が認められていることもあり、イリスをライバル視しているらしい。

いや、実際ライバルにはなるのだろう。

だが、やり方がまずいとしか思えなかった。

「……母が私と同じ目をしていたかどうかは存じ上げません。母は私が二歳の時に亡くなり、母を覚えてはおりませんから。ただ、母を知っている人からは、そう言われます」

イリスはハンナが言ったいろいろなことの全てを無視し、目の色についてだけ答えた。

その意図をハンナが汲めば、まだこのまま流せると思ったのだが、ハンナはどうやらイリスの平然とした態度が気に入らなかったようだ。

恐らく、これまで社交界では似たような手法でライバルの令嬢を陥れてきたのだろう。

「シェスティン王妃はラーゲルレーブ王に救出されて二年後にあなたをご出産されたんですってね」

――ああ、やっぱり。

イリスは胸の内で嘆息する。

「何がおっしゃりたいんですか？」

「魔族の血を引く子を宿した場合、生まれるまでには普通の二倍以上の時間がかかる。……

お父上は本当にラーゲルレーブ国王かと、一部では噂になっているとお聞きしまして」

ハンナが決定的なことを言ってしまった。

それが何を意味するのかも分かっていないらしく、

「魔族の血を引いていらっしゃるやも、ということ？」

「魔族の血を引いているのに聖職者ですって？」

取り巻きたちがくすくすと笑い出す。

やりとりを聞いていた周囲の人たちの目が、好奇を含んだものから侮蔑《ぶべつ》を含んだものに変わり始めているのにも気づいていない。

いや、その侮蔑がイリスに向けられていると思っているのだろう。

「今の発言、撤回していただけますか」

イリスはそれまでとは違う、静かだがはっきりとした強い声で言った。

その反応にハンナは一瞬怯《ひる》んだ。

「何よ…、そういう噂があると言っただけよ！　私が言ったわけではないわ！」

どうやら、彼女は攻撃されることに慣れていないらしい。

簡単にボロを出した。

「ハンナ・ルンデル侯爵令嬢、あなたは私をラーゲルレーブ王国の王子と認識された上で発言されていますね。それはすなわち、王族である私に向けての侮辱、そして私にまつわる根も葉もない噂話を、そのご様子では各所で吹聴していらっしゃるのでしょう？　……侯爵令嬢如《ごと》きが、王族である私を侮辱しただけではなく、死したとはいえ唯一の正妃である母と、ラーゲルレーブ国王である我が父までを侮辱した。アールステット皇帝の生誕を祝うこの席上で、そぐわぬ話題まで持ち出して。それがどのような意味を持つか、御理解できぬほど愚かな方ではないでしょう？」

イリスはきっぱりと言う。

たとえイリスが不遇であろうと、王子という身分が侵されることがあってはならない。

それは、どの国においてもおなじことだ。

成り行きを見守っていた周囲は息をつめたような緊張感を持ち始める。

イリスの身分であれば、ハンナの断罪など簡単なことなのだ。

ハンナは真っ青になり、何か言おうとするが唇が震えるだけで言葉が出ない。

「ハ……ハンナ、あなた少し飲みすぎたのではない？」

「そうよ、悪酔いしてしまったのでは？」

取り巻きたちが庇《かば》うように言い、なんとか取り繕ってこの場を逃れようとしたが、

「はは、あれだけはっきり話しておきながら、飲みすぎもないだろう？」

バルコニーから一人の人物が姿を見せた。

「マクシミリアン皇太子……」

イリスはとっさに膝を軽く折り、すぐさま礼の形を取る。周囲の客たちも同じだ。

背の高さも、体格も、フレデリクやクリストフェルとそう違わない。

病弱などと言われているが、やや線が細いかと思える程度だ。

優しげで気品のある容貌は、母親が違うのでフレデリクやクリストフェルとは趣が違うが、彼もまた美形だった。

マクシミリアンは礼の形を取る客たちに、楽にするよう、軽い手のしぐさだけで示し、

「人あたりをして夜風に当たっていたら、おもしろそうな話が聞こえてきてね。すべて聞かせてもらっていたが……、イリス王子、足を運んでいただきながら我が国の者が非礼を働いた、申し訳ない」

イリスに謝罪をした。

皇太子の謝罪という事態に周囲がざわついた。

「殿下、どうぞおやめください。……外交問題にするつもりはありません」

そのイリスの言葉で、どうやらハンナは初めて自分の発言が両国間の亀裂を生むきっかけになることに気づいたらしい。

過度の緊張にいまにも倒れそうになっていた。

周囲もザワザワし始める。

ラーゲルレーブは帝国の隣国でありながら、帝国の支配下ではない。

友好国である。

それは互いの深い信頼のもとに成り立っている。

揺らげば厄介なことになる。

異様な空気を感じ取ってか、それとも話が終わったのかは分からないが、クリストフェルがイリスの元に戻ってきた。

「イリス殿、皇太子殿下、何があったんですか？」

真っ青な顔のハンナと取り巻きたち。

相対するイリスの傍らにはマクシミリアンがいるし、周囲にいる客たちの表情も硬い。

イリスは平然としているが、ほほえみを絶やさないと言った印象のあるイリスからすれば異様だった。

「いえ、特に何も」

イリスは言うが、

「何もなく、この雰囲気になるわけがないことくらいは、いくらクリストフェルでも気づく」

笑みを含んだ声で皇太子は言い、何があったのか、自分が聞いたことをかいつまんでだが、ハンナの悪意を充分に伝わるように説明した。

クリストフェルの表情は説明が続くにつれ、険しくなり、最後は今にも怒鳴りつけそうなくらいにハンナを睨《にら》みつけていた。

そのハンナは、俯き、両腕を取り巻きに支えられて何とか立っていられるといった様子だ。

広い会場の端で起きた騒ぎとはいえ、すでに会場のすべての視線が集まっている。

上座に座した皇帝と皇妃の視線も、こちらに向いていた。

クリストフェルは何かを堪《こら》えるように細く息を吐きだしてから、マクシミリアンに視線を向けた。

「殿下、しばらくイリス殿を頼みます」

「ああ、分かった」

軽い口調でマクシミリアンが返すと、クリストフェルはイリスの顔を一度見てから、真っすぐに足を上座の皇帝と皇妃の元へと向けた。

そして二人の前で片方の膝を突き、頭を垂れて礼の形を取ると、

「皇帝陛下、皇妃様、以前から願い出ておりましたが、改めて申し上げます。皇位継承権を返上するとともに、シェル地方の領地を賜《たまわ》りたいと存じます」

そう宣言した。

いきなりの宣言に会場内はざわついた。

だが皇帝は特に表情は変えず、皇妃はあきれ顔である。

「今宵、この場にふわさしい願い出とは思えぬが」

皇帝の言葉に、

「皇帝陛下の生誕を祝う宴であればこそ、温情を賜れるかと」

クリストフェルは返す。

それに皇帝はため息をついた。

「ここ数年、おまえからは幾度も申し出のあったことでもあるし、皇位継承権に関しては許可できぬが、シェル地方はそなたに授けよう、委細《いさい》については改めて」

「ありがたくお受けいたします」

クリストフェルは言うと、立ち上がりイリスの元に戻った。しかし、クリストフェルの耳に真っ先の届いたのはイリスの声ではなく、

「嘘でしょう！　シェル地方なんて…あんな遠いところ！」

錯乱しているかのように思えるハンナの声だった。

クリストフェルはその声にハンナに視線を向けた。

ハンナの周囲からは取り巻きの令嬢たちの姿は消え、代わりにルンデル侯爵がいた。さすがに何があったのか確認に来たのだろう。

「俺がどこに行こうと、令嬢には関係がない」

そう言った後、クリストフェルはルンデル侯爵を見た。

「侯爵、俺と令嬢を結婚させせようと、ありもしない噂を流すのは今後一切やめてくれ。俺は令嬢と結婚する気など、まったくない」

言いきってから、イリスを見た。

「俺のせいで不快な思いをさせてすまなかった」

謝るクリストフェルにイリスは頭を緩く横に振る。

「いえ、クリストフェル皇子のせいではありません」

そう言ったイリスの声も表情も、いつものイリスのものに戻っていて、クリストフェルは少し安堵《あんど》する。

しかし、マクシミリアンから聞かされた内容は酷かった。

イリスが傷ついていないわけがない。

「休憩室に連れていっておあげ」

マクシミリアンはそう言うと、上座へと向かい、

「陛下、美しき皇妃様と踊る栄誉を与えていただけませんか」

そう申し出た。場の空気を変えるためだということは二人も充分分かっているので皇帝は頷き、皇妃も差し出されたマクシミリアンの手を取り立ち上がった。

そして皇帝も立ち上がり、皇太子妃をダンスに誘う。

楽団がタイミングよく曲を奏で始め、二組が踊り出すと、他の客たちも一組、また一組と踊り始め、何事もなかったように宴は続く様子を見せる。

それを見届けてから、イリスとクリストフェルは会場を後にした。

◇◆◇

休憩室へと言われたが、クリストフェルがイリスを連れてきたのは自室だった。

「肩が凝るだろう、ジャケットをこちらへ」

クリストフェルの言葉にイリスは頷いてジャケットを脱ぐ。クリストフェルはイリスからそれを受け取ると従者に任せ、何か耳打ちする。

恐らくジャケットをかけたら出ていくように告げたのだろう。従者はジャケットを丁寧にハンガーにかけてつるすと、礼をして部屋を後にした。

部屋に二人きりになるとクリストフェルは寝台に腰を下ろし、そして隣に座すように示す。

「……すまなかった。イリス殿を一人にするべきではなかった」

再度謝ってくるクリストフェルに、イリスは少し笑う。

「いいんですよ。令嬢に言われたことは、これまでにもう何度も何度もラーゲルレーブでも言われたことですから、さして気にもなりません。もう、ほぼ私の話題が上がる際の様式美のようなものですね」

そう言ってから、続けた。

「ラーゲルレーブでは、この国のように各妃たちの関係は友好的ではないんです。母が亡くなった後、父が正妃を据えなかったのは、私の母への愛情が深すぎるからだと美談めいたことになっていますけれど、側室同士の争いが壮絶すぎて空位にしてあるんです。そんな状態ですから、子供同士もその影響で仲が悪くて、彼らの溜《た》まった鬱憤《うっぷん》の行き先が後ろ盾を持たない私に向くことは多くて……『魔族の子』『呪われた子』、そんな言葉はしょっちゅうでしたから。とはいえ、令嬢の発言は見過ごすことができませんでした。侯爵は一人娘である彼女を溺愛《できあい》して育てたのでしょう。手に入らないものはない。諌《いさ》める者やライバルは様々な手段で蹴落《けお》とす。それが可能な権力と財力があると彼女は錯覚した。その錯覚は、彼女を滅ぼす。不遇だろうとどのような噂があろうと、王子は王子。あの方は自分の言葉がどのような事態を招くか知っておく必要があると思いましたから、少し強く出ました」

マクシミリアンが聞いていたのは計算外だった。

予定では、あの後「不愉快です」とでも言い捨てて、さっさと出ていくつもりをしていたのだ。

イリスとてああいう場が苦手なのは同じなのだ。

「言われ慣れているとしても、少しも傷つかないわけではないだろう……」

静かな声でクリストフェルが言う。

「……母のことを言われるのは、少し。亡くなった人に名誉を挽回する術《すべ》はありませんから……」

覚えてもいない母だが、すべてを失い、あらぬ噂に心を痛めながら、それでも最期までイリスの身を案じていたと乳母が話していた。

だからこそ、イリスの命はなにがあっても守らねばならないと、決意したのだと。

「皇子は、本当に気にならないんですか？　私の父親がもしかしたら魔族かもしれないという噂。魔族の子を身ごもったから早くに命を落とし、私が聖堂で暮らすようになったのも、魔族の血が活性するのを抑えるためだと、そこまでが一続きの話ですよ？」

冗談めかして、イリスは言う。

クリストフェルに交際を申し込まれた時、イリスは自分の出自にまつわる噂が気にならないのかと聞いた。

シェスティンはラーゲルレーブに保護されて半年後に、王の求婚を受け入れた。

そして正妃となり、さらに半年後に懐妊、イリスを出産した。

それが丁度、魔族の血を引くものを宿し子を産むまでの期間と酷似していたため、噂になったのだ。

救出される前にすでにシェスティンは魔族と交わっていたのではないかと。

そのような事実がないことはラーゲルレーブ王が明言している。しかし、噂はいまになっても消えることはなく、語り継がれている。

イリスに関するそういった噂は、イリスとともにいる相手にも降りかかる。

イリスは、自分が原因でクリストフェルがそれらの噂に煩わされるのが嫌だった。

「前にも言ったが、まったく気にはならない。むしろ、そんなつまらない噂話を信じる方がどうかしている」

以前と同じようにクリストフェルは即座に切り捨てた。

そう言ってくれると期待して聞いたのに実際に言われると思った以上に嬉しくて、イリスは言葉にならなかった。

そのイリスの肩を何も言わず、クリストフェルは抱いた。

触れる体温が心地よくて、しばらくそのまま黙っていたが、

「……皇位継承権の返上なんて、いつから考えていらしたんですか？」

もしかしたらそれも自分のせいだろうかと思い、イリスは聞いた。

「もうずいぶんと前だ。継承権を持っていても、俺に回ってくることはないだろう。むしろ持っているだけで厄介事に巻き込まれる可能性の方が高いからな。それなら継承権を返上して、騎士としての身分だけになった方がよほど楽だ。騎士としてシェルに生活の場を移し、そちらで騎士団を立ち上げれば、あちらで魔獣が出た時に速やかに対応できるとか、いろいろと理由をつけて陛下に申し出ていたんだが、なかなか首を縦に振ってはくださらなかった」

確か、かなり遠方だったはずだ。

簡単には承諾できない話だっただろう。

「ルンデル侯爵と令嬢が、俺との結婚をなんとかして実現させようと、ありもしない噂をいろいろと流していることや、まあ他の黒い噂もあって……一度きちんと対応しなくてはと母上が陛下に進言した矢先で、今夜の件だったから、シェル行きに関しては受け入れてくれたのだと思う。あの派手好きの令嬢が、シェルなんて田舎《いなか》についてくるとは思えない。結婚しようなんて意欲も失せるだろう」

そう言ってからクリストフェルは、はっとした顔になった。

「……イリス殿は、田舎は嫌いか？」

「え？」

「シェルはいいところだが、本当に田舎だ。日々の生活に不便なほどではないが、娯楽は自然以外にない。もしイリス殿がそんな場所に身を移す俺が嫌だと言うなら、多少、考え直す」

焦った様子で言うクリストフェルに、イリスは笑った。

「……大丈夫ですよ。虫も、平気です」

その返事にクリストフェルはあからさまに安堵した様子を見せると、肩を抱いた手を離して寝台から立ち上がる。

そしてイリスの前に跪《ひざまず》いた。

「改めて申し出る。俺と結婚してほしい。俺と結婚しても、ここで当然のように享受できる皇子妃としての贅沢な暮らしはできないし、不便な思いもするだろう。イリス殿にとってはマイナスなことも多いと思う。……それでも、俺はイリス殿を諦《あきら》められないし、共にいたいと思っている。これから俺と共にシェルで生きてくれないだろうか。俺に、これから死ぬまで君を守る役目を与えてもらえないだろうか」

「『結婚を前提にしたおつきあい』のための友達づきあい」を継続中のはずだった。

それをいろいろ飛ばして、結婚の申し込みである。

だが——イリスの気持ちは、もうきっと決まっていた。

いろいろ理由をつけて、先延ばしにしていただけで。

いま、改めて言われて、イリスの中にあるのは「嬉しさ」しかないのだから。

「……本当に、私でいいんですか?」

問う声が震えた。

クリストフェルはイリスを見上げた。

「イリス殿がいてくれるのなら、他には何も必要ない」

その真っすぐな目をイリスは見つめ返し、

「喜んで、お受けします」

返事をする。それにクリストフェルは一瞬何かを堪えるような表情をすると立ち上がり、イリスの顔を両手でとらえる。

そして背をかがめると、口づけてきた。

柔らかな唇が触れて、一度軽く離される。次に重ねられた時には、この前のように唇の合間から舌が入りこんできた。

「っ……」

その感触にイリスの体が震えても、今回はクリストフェルは口づけをやめようとしなかった。

イリスの口の中でクリストフェルの舌が動き、口蓋《こうがい》や歯の裏側を舐《な》めまわし、どうしていいか分からないでいるイリスの舌を捕らえて甘く絡《から》めてくる。

イリスは何かを考える余裕もないまま、されるがままになるしかなく、気がつけば寝台に押し倒され、床に下ろしていたはずの足も寝台の上に上げられて、クリストフェルにのしかかるようにされていた。

クリストフェルの手が、シャツの上からそっと脇腹のあたりを撫《な》で、その手が胸へと伸びる。

そしてほんのささやかにその存在を知らせる乳首を、的確に指先で探り当て指の腹で押しつぶした。

「…ぁ……」

思っていなかった場所に伸びた手に、イリスは驚いて小さく声を上げる。

その声で口づけが終わっていたことに気づいたくらい、本当にイリスは何も考えられなくなっていた。

「痛かったか？」

甘く囁《ささや》くようにクリストフェルが問う。それにイリスは頭を横に振る。

その返事に気をよくしたのか、クリストフェルは押しつぶした乳首を指先で軽く摘んだ。

痛いわけではない。

だが、そうされるのは酷くいやらしく思えて、イリスはパニックになる。

――何、どうして、そんなところ。

女性のように、魅惑的なふくらみがあるわけではないのだから、なにも楽しくないだろうと思うのに、クリストフェルの手は止まることがない。

そのうち硬く芯を持ち始めた乳首を、布地越しに何度も指先ではじいたり、摘《つま》み上げて擦《こす》ったりしてくる。

「ぁっ……、ぁ、……」

漏れた声はさっきとは違い、甘かった。

「痛かったら、言ってくれ」

クリストフェルが耳に、柔らかく唇を押し当てながらささやいてくる。

触れる唇にくすぐったさを感じるのと同時に、背筋をゾワッと淫靡《いんび》な気配のする何かが走り抜けて、イリスはクリストフェルが何を言ったのかを理解するのに遅れた。

――今、なんて……。

言葉を反芻《はんすう》しようとした時、クリストフェルがさっきよりも強く、捏《こ》ねるように乳首を押しつぶしてきた。

「ぁっ、あ……！」

鋭い感覚がそこから走り抜けていく。

だが、上がった声はイリス自身が驚くほど甘かった。

強い刺激にしびれたようになった乳首を、今度は柔らかくひっかくようにされる。

それに、胸からは離れた下肢に熱がわだかまり始めて、イリスは焦った。

「あっ、あ……！　まって…、ぁ、あ」

イリスは言いながら、いたずらを仕掛けるクリストフェルの手を摑《つか》んで止めようとした。

しかし、イリスの手がクリストフェルの手に届きかけた時、クリストフェルの膝が、しどけなく開いていたイリスの足の間を割り込んで、熱を孕《はら》み始めている足の間を擦った。

「あっ、や……っ、や！」

そこから湧き起こるのははっきりとした愉悦だ。

それにイリスは慌てて、必死になってクリストフェルの手を摑んだ。

「まっ…ぁ、あ、まって、ぉ願…、ま…っ…、あ」

ようやくクリストフェルが手と膝の動きを止める。

「……イリス、なにを待てばいい？」

少し顔を上げてイリスの様子を窺うように聞いてくる。

熱を感じさせない灰色がかった水色の瞳を見ていると、自分だけが乱れさせられているのを自覚するようでつらい。

「…服、を…汚してしまう、から……」

だからやめてほしいと言うつもりだった。しかし、クリストフェルは、

「ああ、それを気にしていたのか。では、先に脱いでしまおう」

そう言うと、イリスのズボンのボタンを外し、腰を片方の手で軽く抱き抱えると、もう片方の手で下着ごとズボンを引き下ろした。

もちろん、イリスは抗おうとしたのだが感じ始めていた体からは、力が抜けかけていて、抵抗らしい抵抗もできなかった。

足からズボンが抜き取られ、イリスはシャツの裾を摑んで露《あら》わになった下肢を隠そうとする。

「シャツはそのままでいいのか？」

からかうような言葉に、イリスは強く眉根を寄せた。

恥ずかしすぎて、目に涙が浮かぶ。

それにクリストフェルは焦った。

「待て、待ってくれ」

今度はクリストフェルの方が「待ってほしい」と頼んでくる。

だが、待ってほしいと言われてもイリスは何もしていないのだ。どうしていいか分からずじっと見ていると、クリストフェルはバツが悪そうな顔をした。

「すまない、俺はイリス殿のこととなると、どうにも性急で……その、無理やりことを進めるつもりはなかった。なかったんだが、止められそうにない」

そう言ってから、少し間をおいて、

「イリス殿、このまま、俺のものになってくれないか」

真っすぐにイリスを見て言った。

それが何を意味するの分からないわけではなかったが、あまりにいろいろなことが生々しく感じられて、頷くのも恥ずかしかった。

「……ダメだろうか」

固まってしまったイリスにクリストフェルが問う。それに、イリスは意を決して、

「ダメ…では、ないです……」

震える声で返す。

その返事にクリストフェルは、何か堪えるような顔をしてから、

「ありがとう……。できる限り、優しくする」

イリスが着ているシャツに手を伸ばした。

「……皇子、は…脱がないんですか…」

伸びてきた手を見ながらイリスが問えば、

「それもそうだな。イリス殿、シャツは自分で脱げるか？」

という言葉が返ってきた。イリスが頷くと、クリストフェルはイリスの体を抱き起こした。

そして、クリストフェルは自分のシャツをさっさと脱ぎはじめる。

勇猛な騎士という評判から来るイメージよりも細身。

それがイリスがクリストフェルと初めて会った時に思った印象だった。

しかし、あらわになった体を目にしてイリスは固まった。

隆々《りゅうりゅう》とした筋肉というわけではないが、しっかりとした筋肉がついていた。単純に、着やせするタイプだったのだろう。

「そう、見つめられると多少気恥ずかしいが、見惚《みと》れてくれているならよしとしよう」

イリスが見ているのにクリストフェルが少し笑いながら言う。

「す…み、ません……」

イリスは慌てて視線を外して、自分のシャツのボタンを外し始める。だが、緊張で手が震えて、なんなくできるはずの作業に酷く手間取った。

そのうちにクリストフェルは全てを脱ぎ終えて、イリスは手伝われる始末だ。

身につけたものをすべて取り払われ、改めて体を横たえさせられる。

重なった肌の感触だけで、イリスの体が震える。

「……イリス殿、愛してる…」

甘く囁いた唇が重ねられて、そのまま頬や鼻、額《ひたい》へと順に唇が落ちていく。

そして首筋を伝い下りていき、先程は触れられないままだったもう片方の乳首をとらえた。

「あ、……ぁ…」

『ダメではない』と言ったものの、滑《ぬら》つく舌に弄《もてあそ》ばれる感触の生々しさに、イリスはパニックになる。

心臓が壊れそうなくらいにドキドキして、恥ずかしさに意識が飛びそうだと思った。

それなのに、クリストフェルの手は脇腹をゆっくりと辿って、イリス自身をじかにとらえた。

「ひ…ぁ、あ…っ！」

自分でも、そこには滅多に触れない。

排泄《はいせつ》以外でそこに触れるのは、兆《きざ》してしまった時の処理のためだけで、その回数にしてもイリスは多くない。

五歳からの聖堂暮らしの弊害は、性的な面への疎さに直結していて、年頃の同年代がしそうな妄想もイリスはほとんどしなかった。

周囲が聖職者ばかりで、そういう話題があがることもなかったからだ。

とにかく、性的に純粋培養されたイリスにとって、クリストフェルが自分のそれに触れているという事実に、頭が沸騰しそうだった。

「は、ぁっ、ぁ、あ、や……っ！」

ぬるりとした感触がして、自分が漏らしたのが分かる。

そのまましまきつく扱《しご》き立てられれば終わるはずなのに、クリストフェルは巧みに触れる場所を変えて、ゆっくりとトロ火であぶるようにしてイリスを煽っていく。

「やぁっ、ぁ、あ、あ！」

蜜を零《こぼ》す先を擦られて、逃げられない快感に腰が揺れる。だが、一度擦られただけで指先は逃げてしまう。

「ん……っあっ、あ…」

物足りないような声を漏らしてしまったイリスに、まるでご褒美だというようにクリストフェルは乳首に甘く歯を立てながら強く吸い上げた。

それと同時に、イリス自身の先端を丸く撫でまわして、蜜穴を爪先《つまさき》で軽くひっかく。

「…！　…あ、いっ……ぁ！　ァ、っ……そこ、やめ、ッ……ぁ、あ！」

悲鳴じみたイリスの甘い声が室内に響く。

「あぁ…ッ、それ、やだ、…ぁあっ、あっあ、だめ、だめ」

先と裏筋を強めにしごかれてイリスの体が強張《こわば》った。

「ダメじゃない……そのまま、気持ちよくなればいい」

胸から顔を上げたクリストフェルがそそのかすように囁いて、そのままイリスを追い上げる。

「ぁっ、あっ、だめっ、あっ、あ……ぁっぁ、……！」

ガクッと腰を一度大きく震わせた後、訪れた絶頂にイリスはガクガクと何度も体をヒクつかせて、クリストフェルの手に蜜を噴き上げる。

「ッ……、ん、ッ……、ぁ、あッ…」

つたない『処理』でしかないこれまでの絶頂とはけた違いの愉悦に、イリスは体の痙攣《けいれん》が止められず、頭の中も真っ白だった。

「ちゃんと気持ちよくなれたな、いい子だ」

褒めるように言ったクリストフェルの濡《ぬ》れた指が、すっと後ろへと伸びる。

何をされるかなど考えられる余裕のないイリスの中に、突然指が一本入ってきた。

「……っ！」

あり得ない場所に入りこんだ指に、イリスは混乱そのままの目でクリストフェルを見た。

「な…、ぁ、あ、だめ、そんな…、どうし…て……」

「気持ち悪いかもしれないが少し耐えてくれ」

「なんで、そんなところ…だめです、だめ、汚い」

意味がわからなくて、イリスは慌てるが、体にまともに力が入らない。そのせいで入りこんだ指が我が物顔で中を探る。

「男同士で体を重ねて愛し合う時は、ここを使うんだ」

パニックになっているイリスに、クリストフェルは説明する。それにイリスは表情を失い、瞬《まばた》きを繰り返した。

「う……そ……」

同性同士の結婚が認められていて、イリスも婚儀に立ち会ったことはあるが、そんなところまでは考えたことがなかった。

精々《せいぜい》、互いのそれに触れあうだとか、その程度だと思っていたのだ。

「嘘じゃない。……積極的に知られたくはないが、騎士は男ばかりの世界だ。多少、経験はあるから、任せてくれ」

初めて知ることが衝撃的過ぎて、イリスはもはやどうしていいか全くわからなかった。

イリスが放心状態なのをいいことに、クリストフェルは指を増やす。

「…っ、あ」

「大丈夫だ……少し、拓《ひら》かれるような感じがするだけだろう？」

優しい声でクリストフェルが言う。

確かに、痛みがあるわけではない。

――でも、そこを、使う……？

改めて思った瞬間、クリストフェルが何のために今指を使っているのかが分かって、待っ

てもらおうとした時、

「クリス…っ…、…っ？　え、…あ、あっ！　やだ、や、なに？」

中の一か所を指先が強く抉《えぐ》り、イリスの背筋を甘い電流が走った。

「ここ、か……」

確認するように、クリストフェルが同じ場所を再び触れる。

「あ……っ！　ア、…ッ、クリ……トフェ…っ！　あ、だめ、……あっ！　あっ、あ…、だめ…！　なん、で……、ぁ、あぁっ」

さっき、自身に触れられた時以上の愉悦が襲ってきて、体がまた震えはじめる。

声がこらえられず、そのままとけてしまうくらいの感覚が体中を犯して、体の震えが止まらなくなった。

「ぁっあ、だめ…だめ……っ！」

「だめ？　気持ちよくはないか？」

「ぃ…、っ、いぃ…けど……」

ダメになると思った。

気持ちがよすぎて、体が壊れる。

そう伝えたいのに、イリスの体の弱いところを見抜いたように、クリストフェルの指が中をグズグズに蕩《とろ》けさせて、言葉が紡《つむ》げない。

「ふぁ、ぁ、あっぁ…っ！」

「そう、そのまま気持ちよくなっていればいい」

三本目の指がイリスの中を拓いていく。圧迫感が酷いのに、それ以上に気持ちがよくて下腹部が痛くなるくらいに疼《うず》いて、そこから快感が一気に広がる。

「ん…ぁ、あっ、あ」

気持ちのよさがずっと続いて、イリスは喘《あえ》ぐだけになる。

そして、体が何度目かの不規則な震えを起こした後、体の中からクリストフェルの指が引き抜かれた。

「っ……！」

引き抜かれた時の感触で、また体が震えて——それが体の中での小さな絶頂だと、その時のイリスには分からなかった。

とにかく、気持ちよさが続いて、波が引かないままで、また次の気持ちよさの波が来てキリがない。

しかし、クリストフェルの指が引き抜かれて、終わりかと、そう思ったのだ。しかし、

「もう十分蕩けただろう……」

クリストフェルはそう言うと、イリスの足を大きく開かせた。

「え、あっ…、…っ！」

クリストフェルの体を挟むような形で固定され、そして指で蕩けさせられたそこに、クリストフェルのそれが押し当てられた。

「あ、あ……！」

にゅちゅ、と淫《みだ》らとしか言えない音と共に、イリスのそこが押し拓かれて、中にクリストフェルが入ってくる。

「ぁ……、あぁ…っ！」

「大丈夫、ちゃんと、入ってる」

「んっ、あ、あっ！　…ッ！　む、り、おっき、ぉおきい…ッ！」

指が触れていたところなどとうに通り越して、それでもまだ止まらずもっと奥へと入り込んでくる。

ずッ、と音がしたような気がして、ようやく行き止まる。

「……っ…、今は、ここが限界だな」

クリストフェルが言ったが、言葉の意味まで理解できるほど今のイリスの頭は動いていなかった。

体の深くをみっちりと埋め尽くすそれを受け止めるので精一杯だ。

クリストフェルの手が、ゆっくりとイリスの髪に伸び、乱れたそれを撫でつける。

「大丈夫か……？」

その言葉にイリスはしばらくぼんやりとしてから、やっと何を言われたのか解して、力が抜けてなかなか動こうとしない手を自分の下腹部へと置いた。

「ここ、いっぱいで……」

「イリス殿、煽るな……。ただでさえ、中がうねって…動きたいのを我慢しているんだぞ」

クリストフェルはそう言うと、ほんの少し腰を揺らした。

「ふ、あっ、…っぁ!」

「これだけで、こんなにヒクつかせて」

「だめ…それ、あ、ぁ…だめ、……っだめに、な、っ…!」

小さな動きを繰り返されて、イリスの足が逃げられもしないのにシーツを蹴る。

「……っ、ぁ、あ」

「すまない、少し乱暴になるかもしれない」

クリストフェルは言うと、奥に先端を押し当てたままでゆっくりと腰を回した。

「ひぁ、ぁっ…っ!」

ねっとりとまとわりつくような快感が沸き立ち、それを感じてしまえば些細《ささい》な動きの全てが愉悦に変換されてしまう。

「ん、ん……っ!　ぁ…、…っ…だ、め…っ!　お、かし…っ」

あまりの悦楽に逃げるように悶《もだ》える体を、クリストフェルはしっかりを押さえつける。

「……ぁっあ、ぁ、あ…っ！」

体の奥が疼いて、止まらなくなる。

「…何度も、達しているのがわかるか？」

「んぁぁ、ぁ！」

「また、達《い》ったな。こんなにビクビクさせて」

クリストフェルのもう片方の手が、イリス自身へと伸びる。

一度達した後は触れられないままでいたそれは、もう達したのと変わらないくらいの蜜を零していたが、熱を孕んだままだ。

「ひ、あ、あ、あっ！」

中にも外にも刺激を与えられて、どうにもならなくなる。

「こんなに、吸いつかせて……、…もう、長くもたないな……」

震えるイリスの体を押さえつけたまま、クリストフェルは腰を捏ねるようにして使う。

「ぁ、…んんんっ、ぁ、あっぁ…っだ、め、ぁ、ぁ……っ」

ぐじゅ、ぐぷ、とはしたないとしか思えない音が響く。

しかし、それに構う余裕などなかった。

気持ちがよくて、よすぎて、体中が一度バラバラになりそうだ。

「〜〜〜ッ、ぁ、あっ、だめ、それだめっだめ…ッ」

浅い場所から深い場所まで、クリストフェルは大きな動きで穿《うが》ち始める。

「いっ…ぁ、あっ！　イく、や、あっ、いく、あ」

イリスの中がひと際きつくしまり、そして狂ったようにうねる。

「……っ、っ！　ん、ぁ、あっ」

深く達したのと同時に、イリス自身も弾《はじ》けて蜜を噴き零す。

そのイリスの中を、クリストフェルは自身の終わりを目指して、繰り返しうちつけるようにして奥まで貫く。

「や、ぁぁっ！　ぁっあっ、あ、ぁ、あっ！」

「っ…！」

僅《わず》かに息をつめたようなクリストフェルの声がして、次の瞬間、イリスの中で熱が弾けた。

「あ、あ…、あ」

襞《ひだ》に塗り広げるようにしながら、クリストフェルは全てを注ぎこんでくる。

その動きにも感じて、イリスはまた昇り詰める。

やがてクリストフェルの動きが止まり、イリスはやっときた「終わり」に安堵する。

「イリス……」

だが、名前を囁きながらイリスの顔じゅうに触れるような口づけを落としていたクリストフェルが、体の中でまた熱を取り戻し始めて、イリスはなんとか目を開ける。

「……おぅ、じ…」

無理、という意味を込めてはみたものの、

「すまない、次は、少し手加減する」

戻ってきたのはそんな言葉で、その後イリスは、何度か意識を途切れさせながら、クリストフェルの、手加減したとはどうしても思えないそれに翻弄《ほんろう》され続けた。

6

クリストフェルとの結婚に関しては、驚くほどの速さで話が進んだ。

そもそも、クリストフェルと婚前交渉を持ったということが翌日には皇妃に知られた。

あの翌朝、クリストフェルを起こしにきた従者が――まさかそんなことになっているとは思っていなかっただろうし、独身のクリストフェルの部屋に入るのに、つきあいの長い従者はためらいがなかった――あからさまに何があったか分かる様子で寝台で寝ているクリストフェルとイリスを見つけてしまった。

そして、客間のほうでも、騒ぎがあった。

昨夜、イリスは帰る時間が遅くなるから、客間にそのまま泊めてもらうことになっていたのだ。

そのイリスが部屋に戻った形跡がないので、警備兵が探していた。

さらには、その日はコンラードの授業があった。

当然のことながらイリスは起き上がれる状態ではなく――無論、クリストフェルのせいだ――、とりあえず、昨夜の宴でイリスが疲れて体調を崩してしまったことにして、イリスは客間のベッドでなんとか上半身だけは起こして、コンラードの授業を行った。

そんなことをしていたら、皇妃にばれないわけがなく――何があったのかを問いただされたクリストフェルは、ありのままを話した。

結果、皇妃はかなり怒ったらしい。

クリストフェルが勝手に結婚の約束をしたということについてではなく、結婚に関して手順をいろいろとすっとばして、いきなり婚前交渉を持ったことにだ。

そのことをイリスは後から聞かされたのだが、イリスのことは皇帝も皇妃も、温かく受け入れてくれた。

クリストフェルは以前から結婚しないと二人には告げていたらしく、まったくそういった気配がない――無責任に立てられる噂《うわさ》は別としてだが――ので、生涯独身かもしれないと思っていたらしいのだ。

それがイリスと出会ってから何やら様子が違っているし、イリスの身元を調べればラーゲルレーブの王子だということが分かった。

もしかすればもしかするかもと思いつつも、イリスが聖職者を目指しているので、あまり期待せずにいたらしい。

それが、手順は飛んだものの、イリスからの合意が取れたということで、安心したと言ってくれた。

そして、イリスの父であるラーゲルレーブ国王からも、結婚の許可が下りた。

イリスをラーゲルレーブに呼び戻しても聖職者として王宮聖堂に籠《こも》らせるしかない。

しかし、クリストフェルと結婚すれば国同士が親戚関係になり、二人の間に子供は望めないが、関係が強化できることは間違いなく、その方が得策だという計算もあるだろう。

それでも、結婚の許可を願い出たイリスの手紙への父王からの返事は温かいものだった。

もちろん、手紙ならばどうとでも書けるだろうと思うが、その辺りのことを確かめる気はない。

恐らく、イリスはもうラーゲルレーブに戻ることはないだろう。

それならば「いい思い出」として終わらせておいた方がいいのだ。

ラーゲルレーブ国王の許可が取れたことで、イリスはクリストフェルと、正式に婚約をするという流れになった。

イリスの大聖堂での研修は終わることになるが、大聖堂では季節ごとに行われる祭礼があり、それを終えてから研修を終了にして欲しいとイリスは願い出た。

急にやめると、役職の振り分けなどで迷惑をかけることになるからだ。

研修終了後に、イリスは皇宮に入り、正式に婚約し、そして皇子妃としての教育が始まることになっている。

とはいえ、クリストフェルは結婚後、できるだけ早い時期にシェルに身を移したいと考えている。

そうなればクリストフェルは騎士としての仕事があるので多少帝都と行き来することにはなるだろうが、イリスはシェルで留守を守る。

帝都には年に一度か二度、戻るくらいになるため、お妃教育と言っても、リーサや皇太子妃たちよりは緩いものになるだろう……というのが、クリストフェルの見立てだ。

――見立て通りならいいんだけどな……。

王族として基本的な教育は受けているが、少し不安もある。

「……イリスどの、どうしたの？　おじうえとケンカした？」

不意にコンラードが聞いてきた。

「いえ。大聖堂のお仕事のことを考えていただけですよ」

イリスがそう返すと、コンラードは安心した様子を見せた。

イリスはコンラードの家庭教師を続けているのだが、クリストフェルとの婚約のことを知ると、イリスを取られた、と言ってしばらくご立腹だった。だが、

「でも、おじうえにいじめられたり、けんかしたりしたら、おしえてね。ぼくがおじうえをしかりにいくから」

今はイリスに対しての騎士役を買って出てくれていて、頼もしいばかりだ。

懲《こ》らしめる相手のクリストフェルは、今日は抜けられない騎士団の訓練があり、珍しく不在だ。今頃くしゃみでもしているんじゃないかと思いながら、

「ありがとうございます、コンラード皇子」

礼を言うイリスに、コンラードはにこにこする。

「イリスどのを、おじうえにとられたのはいやだけど、でもおじうえとけっこんするのがあのいじわるなひとじゃなくてよかった」

コンラードのいう「いじわるなひと」とはハンナのことだ。

夜会で起きたことをコンラードは知らないので、正確には「意地悪に見える人」なのだが、あながち間違いではなかった。

そのハンナは「皇妃が直々《じきじき》に招いた賓客である他国の王子を面前で侮辱した」ことが問題視され、皇帝から許可が下りるまで蟄居《ちっきょ》が命じられた。

そしてルンデル侯爵自身も、ありもしない噂を流していたことで半年の登城停止という侯爵家にとっては重い処分が下された。

それ以上の処分はイリスが望まなかったし、皇帝と皇妃の二人に処分についての意見を求められたときに「そこまでしなくても」と言ったのだが、皇帝がそれより緩い処分を許可しなかった。

体面を気にする貴族にとって皇帝の怒りを買い、登城停止になったなどというのは家名に泥を塗ったどころの話ではない。

これまでどれほどの権力を握っていたとしても、与していると思われたくない貴族たちは離れるだろう。

貴族にとっては人脈もまた財産なのだ。

——令嬢がもう少し、政治的なことも考えられる人ならあそこまでの騒ぎにはならなかったんだろうけど……。

それだけ、イリスを蔑《さげす》んでいたのだろうと思う。

魔族の血を引くかもしれず、忌み嫌われて聖堂に押しやられた王子と。

そんな王子だから、クリストフェルには釣り合わないと糾弾すれば、自分を支持する者は多くいるはずだと。

——多分、これまでは、それでうまくライバルを排除できてたんだろうな……。

彼女は排除したと思っていたかもしれないが、実際には違う部分も多いはずだ。

排除されたと見せかけて、彼女と関わることのないように立ちまわった令嬢も多いだろう。

そのことに気づかず、自分の意のままにならないことはないと勘違いした。

そして、起きたのが今回の事態だ。

処罰されたのはハンナだけではない。取り巻きの令嬢も数名、しばらくの間皇宮主催の催しには参加させないという旨の通達があった。

そのせいか、普通であれば減刑の嘆願書がつきあいのある貴族たちから届くらしいのだが、今回は一枚も届いていないらしい。

みんな、関わりたくないのだろう。

そういうつきあい方しかできなかった彼女は、多分これから今までのツケを払っていくことになる。

——可哀想だと思うけど、自業自得だ。

そんなことを考えながら、イリスは一生懸命に単語を覚えているコンラードの姿を見つめた。


クリストフェルとの仲が公認となったイリスだが、修道士としての仕事もこれまでと同様に真面目にこなした。

正式な聖職者ではないとはいえ、修道士として神に仕える修行をしていた者の結婚ということで、大聖堂では好意的には捉えてもらえないかもしれないと思っていた。

しかし、修道士仲間はクリストフェルが頻繁に大聖堂に顔を出し始めたあたりから、もしかして、とは思っていたらしい。

そのため、世間に公表される前に婚約の内定を伝えたところ、やっぱりな、という感じで受け止めてくれた。

そして司祭たち指導者は、イリスの出自などから「人としての幸せ」を手に入れられることに対して、祝福してくれた。

——いい人たちに恵まれた。

心からそう思う。

だからこそ、研修を終える次の祭礼までは、精一杯のことをしたい。

今日も、いつも任されている買い出しにイリスは市場に来ていた。

薬草の受け取りと、香油と灯《あか》り用の油の配達の依頼、そのほか、こまごまとした頼まれものだ。

それらをこなすと、すっかり暗くなってしまった。

この時季は太陽が落ちる時間が早い。

空が茜《あかね》色に染まったと思ったら、暗くなるまではあっという間だ。

——早く帰らないと。

遅い、という時間でもないのだが、それでも暗くなると早く帰らなければならないという気持ちになる。

市場を抜けて大聖堂に続く住宅街の道に入って少しした時、後ろから急ぎ足で近づいてくる足音が聞こえた。

同じように家路を急ぐ人かと大して気に留めなかったイリスだが、その人物がごく近くまで来た時、イリスの後頭部に強い衝撃が走った。

あ、と思った時には目の前が真っ暗になり、何もわからなくなった。

◇◆◇

イリスが行方《ゆくえ》不明になった。

その報せが皇宮に届いたのは、イリスが訪れた最後の店で買い物を終えてから一時間半が過ぎてからのことだった。

なかなか帰って来ないイリスを不審に思った大聖堂の司祭たちがすぐに迎えをやったが、立ち寄る予定だった店ではすでに買い物を終えて帰ったと言われ、市場の警備団に連絡したのだ。

そこから皇宮に連絡が入り、クリストフェルが駆けつけた時には、警備団の団員が、市場から大聖堂へと向かう途中の路地で修道士が何者かに襲われて連れ去られるところを見たという十二、三歳の少年から聞き取りをしているところだった。

「家に帰ろうと思って、そこの十字路のとこに来た時に、幌《ほろ》のついてない荷馬車が停まってたんだ。荷車はぼろいのに、馬はなんか凄い立派で、貴族とか金持ちが使ってそうな綺麗な馬だった。ちぐはぐだなって思ってたら、質《たち》が悪そうな男が三人、近づいてきた。そのうちの一人が修道服を着た人を抱えてて、その人を荷台にのっけて、すごい慌ててあっちの方向へ馬車を走らせてった」

少年の言葉には淀《よど》みがなく、試すように何度か聞き逃した振りをして、別の問い方で話を聞いたが一貫していた。

それにその子は近所に住む少年で、誰もが真面目な子だと証言した。

イリスがその男たちに攫《さら》われたということで間違いはないだろう。

警備団の本部では捜査方針が話し合われた。

「荷車と馬の質がちぐはぐだったということから、馬と荷車は別に調達されたと見るべきだろう」

クリストフェルの言葉に全員が頷く。

「荷車の調達は、まだ簡単だと思います。農家の家先に置いてあることも多いですから」

警備団の一人が言う。

難しいのは馬だ。

しかも『立派な馬』となると、男たちがどこかで盗んだと考えるのが妥当だろう。

しかし、この時点で馬を盗まれたという届けが出ていない。

飼い主が気づいていないということも考えられるが、

「そもそも普通に考えて『修道士』を選んで攫うって、ないと思うんです」

団長は言った。

清貧を旨とする修道士を金品目的で攫うことは絶対にない。

そうなれば「修道士」を攫う他の理由は二つ。

一つは、見目の綺麗なものを攫って売りさばく人買いの仕業で、目をつけたのがたまたま修道士だった。もう一つは「修道士」がイリスだと分かって攫った。

「前者なら、馬と荷車がちぐはぐだというようなことはないだろうし、積荷がばれないように幌のある荷馬車を使うはずです。そう考えれば、金でその辺りのゴロツキを雇ってイリス殿を攫わせた者がいると考えるのが妥当かと」

そして、命じた者が、馬を支給した。

——貴族とか金持ちが使ってそうな綺麗な馬だった——

「イリスを恨んでいそうな貴族。真っ先に浮かぶのはルンデル侯爵家しかないだろう」

今にも飛び出して行きそうな様子でクリストフェルは言う。

こうしている間にも、イリスの命が奪われようとしているかもしれないのだ。

「確かに一番疑わしいとは思いますが、皇子とイリス殿が婚約間近なのはかなり知られています。イリス殿を交渉のカードに使おうとする他国の者の仕業という可能性も……」

皇宮からきた警備隊長が言うが、

「イリスに何かあればラーゲルレーブとの国家間の問題にも発展する。ラーゲルレーブと我が国の両国を敵に回そうとする国などないだろう！」

クリストフェルは一喝した。

「可能性は私怨によるものとしか考えられない。ならばイリスに私怨を抱く者など、一人しかいない！」

そう言うとクリストフェルは警備団の本部を飛び出し、馬に飛び乗った。

そして真っすぐにルンデル侯爵家へと向かった。

突然やってきたクリストフェルにルンデル侯爵は驚いていた。それは後ろめたさから来る驚きではなく、純粋に「なぜ来たのか分からない」という様子に見えた。

「ハンナ殿にお会いしたい、今すぐ」

尋常でない剣幕のクリストフェルの言葉に、侯爵夫人は慌てた様子で「今すぐに」と言ってハンナを呼びに行く。その間にクリストフェルを追ってきた皇宮警備兵も到着し、侯爵家の中に入ってきた。

「皇子、これは一体……」

侯爵が物々しい装備の警備兵にうろたえる。

その中、夫人に連れられてハンナが現れた。

やつれてはいるが、それでも以前通り、着飾っていた。

「これはこれはクリストフェル皇子、以前、あれほど我が家にご招待した時は来てくださらなかったのに、蟄居した途端にいらっしゃるとは」

「単刀直入に聞く。イリスをどこにやった」

「あら、婚約が間近ともなると呼び捨てにされるんですね」

ふふ、とハンナは笑う。それにクリストフェルは目を眇《すが》めた。

「もう一度聞く。イリスを、どこにやった」

「存じ上げませんわ。皇子妃という立場に怖気《おじけ》づいて逃げ出されたのでは？」

「イリスはそんな立場くらいで怖気づいたりはしない。言え、イリスをどこにやった！」

強い口調で言ったクリストフェルに、

「存じ上げません！　逃げた者のことなど、もういいではありませんか！　なぜ私ではダメなんですか？　私はずっとあなたを見てきました。それなのにどうして！」

ハンナは目に涙を浮かべて問う。

だが、その涙も問いも、クリストフェルには煩わしくしか思えなかった。

聞きたいことは一つだけ。

イリスの行方だ。

「なぜ、自分ならば俺に愛されるなどと思えた。己を誇示するしか能がなく、それ以外はすべて空っぽな君が」

クリストフェルはわざと煽るように言う。

「私の何があの王子と比べて劣っているというのです！　魔物の血を引くかもしれないという噂さえあるというのに！　母親が早く死んだのだってそのせいだと！」

興奮した様子でハンナは言い募る。侯爵と夫人が落ち着かせようとするが、伸びてくる手をハンナは振り払った。

「それが一体、何だと言うんだ。ただのくだらない噂でしかない」

「私ならば、子供を産んでさしあげられます。それだけは、あの王子にはできません！　きっと賢い強い子を産んでみせます！」

そう、それだけは、イリスにはできない。

皇族として、子供を残すことは使命にも等しい筈《はず》だ。

多くの子を産み、婚姻によって諸侯や各国とのつながりを強くする。

ずっと行われてきたことだ。

クリストフェルはきっとそのことに気づいていない。

だから、それに気づかせればとハンナは思った。

しかし、

「子供？　それがなんだ。私は、私一代限りで終わることを望んできた。イリスと会わなければ結婚も考えなかっただろう」

冷笑を浮かべ、クリストフェルは言った。

その言葉に、ハンナは、狂ったように笑いだした。

「は…はは、あははは！」

「何がおかしい」

「そこまで愛していらっしゃるなら、魔獣に食い散らかされたあの王子の遺体に取りすがって泣けばいいわ！　それとも、あの噂が本当なら魔獣を手なずけているかもしれないけれど！」

クリストフェルを睨みつけ、ハンナは叫んだ。

その言葉で、イリスを魔獣の出没地域に連れて行かせたのだと分かった。

「警備隊長、令嬢を捕らえて皇宮の地下牢へ入れておけ。侯爵夫妻は自宅軟禁」

命令をくだしながら、屋敷の外へと急ぐ。外にはこちらに来るように手配していたクリストフェルの騎士団の第一部隊がすでに到着していた。

「これより、オルソンに向かう。第二部隊に魔獣討伐の装備を整え次第向かうよう伝えろ。伝令の者以外はこのまま俺と来い！」

一番最近魔獣が出た地域へと急ぐ。

――イリス、どうか無事でいてくれ。

心から祈りながら、クリストフェルは馬を急がせた。

◇◆◇

イリスが目を覚ましたのは、少し前。酷い揺れのせいだった。

自分がどこにいるのか、何が起きているのかも分からなかったが、馬の蹄《ひづめ》の音ときしむような車輪の音から自分が荷馬車に乗せられていることは分かった。

縛られている上にさるぐつわを噛《か》まされていて声も出せず、身動きもできないが、狭い視界に誰かの足が見えた。

縛られていないようだし、荷馬車の御者席《ぎょしゃせき》にいる仲間らしい者と軽口を叩いていることから考えると、見張りのようだ。

――確か、市場に買い物に行って……。

イリスは記憶をさかのぼらせる。

大聖堂へと帰りを急いで、路地に入って少ししたところで後ろから急ぎ足が聞こえて。

――攫われたのか？

そう思った時、

「最近、魔獣が出たってのは、この辺りだろ」

誰かが言った。

「ああ、そうみてえだな……あのあたり、牧場の柵《さく》が壊されてやがる」

「ならこの辺りで捨てて帰っちまおうぜ。俺たちまで襲われたら洒落《しゃれ》になんねえ」

「それもそうだな」

二人の意見は一致したようだったが、それまで黙っていた一人が口を開いた。

「死んだのを確認できるモンを持っていきゃ、十倍出すって言ってただろうが。魔獣が出たら、こいつをここに置いて、どっかで時間潰して食い散らかされた体の一部でも持ちかえりゃいいだろ」

どうやら、三人組らしいのが分かる。

そしてイリスを魔獣に襲わせるつもりだということも。

——目的は殺すこと、か……。

ただ殺すだけなら、刺殺でも毒殺でも、なんでもよかったはずだ。

だがわざわざ魔獣に襲わせるということはできるだけ無残に殺したいと思っているのだろう。

そこまでしなければ気がすまないほどイリスを恨む人物など、ハンナしかいない。

——多分、この予測は外れてないいんだろうな……。

正解していたとしても、今は何の役にも立たないけれど。

——魔族の血を引く云々《うんぬん》って噂が、本当だった方が、今は助かるんだけどな……。

魔族の血を引く者を、魔獣は襲わないらしい。

本当かどうかはわからないが、そんな噂があった。

この状況で呑気《のんき》とも思えることを考えてしまうのは、もうすでに諦めモードだからだ。

——最後にクリストフェル皇子に会った時、なに話したっけ……。

どうせ死ぬならその瞬間まで幸せな記憶をたどっていたい。

そう思って脳裏にクリストフェルの姿を思い描いた時、不意に荷馬車が止まった。

「出た！」

「逃げろ！」

荷馬車がガタガタと大きく揺れ、後方に三人が走って逃げていくのが見えた。そのうちの一人が転んだのが月明かりではっきり見えた。

その次の瞬間、荷馬車の脇を黒い塊が走り抜けていき、転んだ男に突進していった。黒い塊の背中が男に覆いかぶさるようにしたかと思うと、男の絶叫が聞こえた。

月に雲がかかったのか、見えていた塊の姿が闇に溶ける。

暗闇の中、骨が砕けるような音や、グジュ、ブシュッという嫌な音が聞こえてきた。

——気配に敏感だから、まず魔獣を見かけたら騒がず、じっと息を殺して見つからないようにするのが大事だ——

いつだったか、コンラードの授業の時にクリストフェルが言っていたのを思い出した。

イリスはできるだけ気持ちを落ちつかせ、気配を消すように努力する。

いつの間にか、かすかに聞こえていた悲鳴が途絶え、咀嚼音《そしゃくおん》も止《や》んだ。

そしてゆっくりと荷馬車に近づいてくる足音が聞こえた。

――落ちつけ、落ちつけ……。

イリスは自分に言い聞かせたが、近づいてきた魔獣の気配に、完全に足をすくませていた馬が、突然走り出した。

その勢いに、イリスは荷台から転がり落ちた。

「……っ！」

さるぐつわをされていたが、それでも微《かす》かに声が漏れた。

それを聞きつけたのか、魔獣は真っすぐにイリスに近づいてきた。

初めて間近に見えた魔獣は、三つ目を持つ狼の頭、体は巨大なトカゲのような鱗《うろこ》におおわれ、鉤爪《かぎづめ》と水かきのついた手をした、およそでたらめにいろいろな動物をつぎはぎしたような醜悪さだった。

その魔獣が雄たけびを上げ、イリスに飛びかかろうとした時、突然周囲が真昼のような光に照らされた。

その余りのまぶしさにイリスも一瞬目を閉じたが、闇に潜む魔獣は完全に視界を奪われたのか動きが止まった気配がした。

空をゆっくりと照明弾が明るさを落としながら落ちてくる中、目を開けたイリスの視界に金の髪の騎士が飛び込んできた。

抜き身の剣を振り下ろし、イリスの目の前で魔獣の首をあざやかに切り落とす。

「イリス、無事か！」

剣をすぐさま鞘にもどして、倒れ込んでいるイリスをすぐに抱き起こす。さるぐつわを解き、

「イリス、怪我はしていないか？　痛むところは？」

クリストフェルが問う。その声と、触れてくる手の温かさにイリスの中でいろいろな感情が溢れてイリスは号泣した。

「どこか痛むのか？　触って痛いところがあるか？」

繰り返し確認してくるが、溢れてくるのは嗚咽《おえつ》だけで、言葉を紡ぐことができない。

「……もう大丈夫だ。イリス、大丈夫だからな」

泣くイリスにクリストフェルは、繰り返し囁いた。

7

その夜はイリスが救出された場所から一番近い男爵《だんしゃく》家の屋敷に一晩泊めてもらうことになった。

イリスの様子から、とにかく早く休ませた方がいいとクリストフェルが判断したからだ。

突然の訪問と、急な依頼にもかかわらず、男爵は快く部屋を提供してくれた。

用意された部屋で、随行した軍医にイリスは診察を受けたが、攫われた時に殴られた後頭部に少しコブができているのと、縛られた縄でできたあざと、馬車から落ちた時のものだと思われる軽い打撲程度で済んでいた。

「明後日《あさって》くらいまでは体のあちこちが痛むと思いますが、心配するほどのものではありませんのでご安心ください」

「ありがとうございます」

「今夜はゆっくりお休みを」

軍医はそう言って部屋を後にする。

「イリス、怖かっただろう……」

二人きりになり、クリストフェルはいたわるようにイリスの手を両手で包みこみながら言った。

「あんなに間近で生きている魔獣を見たのは初めてで……ラーゲルレーブで見たのは、死骸で、あんなに大きくはなくて……狼とトカゲとが混ざったような、あんな…。食われる音と悲鳴が、怖くて」

「すまない、思い出させた」

クリストフェルは謝りながら、包みこんだイリスの手が震えているのに気づいてぎゅっと握る。

「皇子は、あんな恐ろしいものたちと、何度も戦っていらっしゃるのに」

「一人ではないし、きちんと備えた上でだ。だが、イリスは違う。一人、何の装備もなく、動くことすらできなかった。怖くて当たり前だ」

クリストフェルに助けられてからしばらくの間は泣くことしかできなくて、今も思い出すだけで体が震える。

だがそんなイリスを、クリストフェルは当たり前だと肯定してくれる。

そのことが嬉しかった。

「今夜はもう寝た方がいい」

クリストフェルは寝台へとイリスを促す。

イリスはそれに頷きながらも、

「……側《そば》に、いてくれませんか」

クリストフェルに頼む。

「眠れるかどうか分からなくて」

イリスの言葉に、クリストフェルは、

「理性を総動員して、その役目を引き受けさせてもらおう」

おどけた様子で言いながら、イリスと共にベッドに横たわった。

頭の中で今夜のことが何度もグルグルと回って、眠れそうにないと思った。

だが、傍らのクリストフェルの体温を感じているうちに、イリスはいつの間にか眠りに落ちていた。


翌日、皇宮から迎えに来た馬車に乗せられ、イリスは皇宮へと運ばれた。

そして準備されていた客室に保護されることになった。

その日はとりあえずまだ落ちついていないだろうからと見舞いは断ってくれていたようだが、その代わりクリストフェルがずっとついていてくれていた。

軍医が言った通り、体のあちこちに痛みはあったが、次第によくなっていた。と言うのに、クリストフェルはフォーク一つ持たせない勢いで、イリスの世話をあれこれ焼いた。

「できればスープは自分で飲みたいんですが……」

ひと匙《さじ》ずつ口に運んでくるクリストフェルに呆れながらイリスは言う。

「指が震えて零すかもしれないだろう?」

「もう、大丈夫ですよ……昨日、一晩ついてくださっていたから」

「それはよかった。理性を総動員した甲斐《かい》があったな」

そう言いながら、またスープをすくって口元に差し出してくる。どうやら、スプーンを渡してくれる気はなさそうだ。

翌日になると、午前中に皇妃が、午後にはリーサとコンラードが部屋に見舞いに来た。

コンラードは詳しい事情は知らず「なんでかはよくわからないけれど、魔獣に襲われた」とだけ教えられた様子だ。

「イリスどの、すごくすごくこわかったでしょう?」

コンラードはとても心配した顔で問いながら、イリスの手をぎゅっと握ってくる。

「そうですね、とても怖かったです。でも、クリストフェル皇子が来て助けてくださったんですよ」

イリスの言葉に、

「おじうえは、きしだから! ぼくも、おおきくなったら、きしか、まどうしになってイリスどのをまもれるようになるもん!」

コンラードは対抗心を露わにする。

それにリーサは「また始まった」とでもいうような顔をし、クリストフェルは苦笑する。

「それは、とても頼もしいです」

イリスが言うと、「でしょ？」とにこにこしながら言う。

まだまだコンラードの「イリス大好き」は継続されているらしい。

「イリスどのは、あしたも、ここにいるの？」

「そうですね。体の痛みがもう少し引くまでは」

「やった！」

思わず喜びを口にするコンラードを、

「コンラード、イリス殿は体が痛むからいらっしゃるんだぞ、それを喜んでどうする」

クリストフェルがたしなめる。

「そうだけど、だって、イリスどのがちかくにいるの、うれしいもん。だから、はやくなおるように、おみまいたくさんするの。それでイリスどのといっしょに、おいのりもするの」

悪びれた様子もなくコンラードは言う。

「早く治って欲しいなら、コンラードはそろそろ部屋を出て、イリス殿を休ませてあげたほうがいい」

「はやくなおってほしいけど、まだいっしょにいる。……なおっても、ずっとここにいたらいいのに」

付け足された最後の言葉に、二人は年齢差をものともしない共感を見せる。

「それは同感だ」

それにはリーサも呆れ顔だ。

「あなた方二人は、イリス殿のこととなると張り合ったり共感したり、忙しいわね」

「だって、イリスどののこと、すきだもん」

「婚約者と共にいたいと思うのは当然のことだ」

二人とも、きっぱり言い切るのに、リーサはイリスを見た。

「愛が重いわね」

それにイリスは苦笑した。

その後、しばらくコンラードはイリスの側にいて、そろそろお昼寝の時間ですよと促されて渋々帰って行った。

「コンラードは相変わらずイリスにべったりだ」

「私が皇宮に滞在することが珍しくて、はしゃいでいらっしゃるんですよ」

当初、イリスは明日には大聖堂に戻ることにしていた。

だが、午前中に見舞いに来てくれた皇妃に、体に痛みがある間は無理をしない方がいいと言われた。

大聖堂での仕事は、そう重労働があるわけではないのだが、体のどこかが痛む様子を見せれば、他の修道士も気を使うだろうと言われて、甘えることにしたのだ。

皇妃は今回の一連の事件を知った時、すぐさまハンナの首を刎《は》ねろと命じたらしい。それを皇帝と皇太子がなんとか留《とど》めたらしい。

「……侯爵令嬢は、どうなさっていますか」

今回の件はハンナが起こしたものだと、イリスは改めて知らされた。

「皇宮の地下牢で、刑が決まるのを待っている」

逃げたごろつきの二人も捕らえられていて、ハンナに命じられてやったと証言したし、侯爵家から馬が二頭、いなくなっていることも分かったし、ごろつき二人と直接やりとりをした侍女や、馬を引き渡した馬番も、保身のためにすべてを話した。

「刑は、重いものになるんでしょうか」

「他国の王族を殺そうとしたわけだからな。……極刑も充分ありえる。なにしろ皇妃様の怒りが収まっていないからな」

それにイリスは眉根を寄せる。

「私は…私に関わることで誰かが死ぬことはできれば……」

「イリス」

「甘いと言われるかもしれませんが、きっと何度も思い出してしまう。皇子と幸せに暮らしていても、その陰で命を落とした人がいると思い出してしまう。それが嫌なんです。それに、生かされている方が、つらい罰もあると、そう思うんです」

イリスの言葉にクリストフェルはため息をついた。

「……君がそう言っていたと、母上には伝えてはおくが…あまり期待はしないでくれ」

クリストフェルはそう言っていたが、二日後の夜、眠る前の挨拶に客間に来た時に、ハンナたちの刑が決まったと教えてくれた。

「ハンナは、帝都から遠く離れたマイエルという場所にある牢獄に生涯幽閉されることになった。罪を犯した貴族が送られる牢獄ではなく、市井の重罪人が送られるところだ」

二人掛けのソファーに並んで腰を下ろし、クリストフェルは言った。

「一般の……」

「ああ。もはや彼女は『侯爵令嬢』ではなくなった。侯爵家も爵位を剝奪され、領地、財産の全てを没収されたからな。市井の民が送られる牢獄が妥当だろうと。侯爵夫妻は馬車一台分の荷物なら持って行くことを許可されたし、侯爵夫人の実家である男爵家に身を寄せることになっても、それは不問にする。まあ。爵位を剝奪されて男爵家に身を寄せるなど、肩身の狭い思いはするだろうが、それが嫌なら国を出ればいい。帝国の支配下にない国に行けば、少なくとも人目は気にせず生きられるだろう。苦労はするだろうが」

クリストフェルは淡々と言うが、イリスの心は沈んだ。

「イリスが気にすることはない。すべてを台無しにしたのは令嬢だ。あのまま大人しくしていれば、俺とイリスがシェルに行き次第、蟄居は解かれたはずだ。そうすれば、皇宮が主催したり関係したりする催しに招待されることはないが、社交界への復帰は充分ありえたんだ。彼女が理由はどうあれ俺に執着していたのは有名だったから、若気の至りで暴走したとでも何とでも理由をつけて、理解される可能性もあったからな」

半年の登城停止でかつてほどの影響力は失ったとしても、腐っても侯爵家だ。その令嬢であれば高望みしなければ、さほど不自由することなく生きていくことはできただろうし、国内での結婚は難しくとも、他国での縁組ならばできただろう。

「イリス、そんな顔をするな。……当然の罰だ」

「ですが…、令嬢はずっと皇子を思っていらしたのですから」

イリスが洗礼式に立ち会わなければ。

いや、この国に来なければ。

もしかしたら、クリストフェルが彼女を選ぶ未来というものもあったかもしれない。

ついそんなことを思ってしまう。

「いや、彼女は俺を好きだったわけじゃない。『第三皇子』という肩書に固執していただけだ」

クリストフェルははっきりと言い切る。

「彼女は、第三皇子は、上手い世辞の一つも言えない面白みのない相手だが、結婚すれば第三皇子妃として、皇太子妃や第二皇子妃よりも気楽な立場で贅沢ができる、と言っていたらしいからな」

「それは、どなたが……」

「社交界の令嬢仲間だ。あのあたりは仲がいいようで、足の引っ張り合いらしいぞ？　まあ、リーサ義姉上《あねうえ》や皇太子妃殿下が知りあいの令嬢を、いろんなところに忍び込ませていたりもするらしいが」

主だった貴族が開催する催しには、何人かそういう役割を持った令嬢や婦人がいるらしい。特に皇族やそれに近しい人物と何らかの噂が立っている場合には、必ず。

どんな話をしていたか報告を入れてもらい、そのまま成り行きに任せていい関係であるか、切った方がいい関係であるかを考えるらしい。

切った方がいいにしても、間者《かんじゃ》めいたものを忍びこませていることを知られてはならないので、さりげなく当人同士を会わせないよう、輪から外していくように画策するのだ。

「ハンナの、いわゆる表向きではない部分の言動や性格、振る舞いなどについても、リーサ義姉上から母上に話が上がっていて、何があっても彼女と婚約という線だけはなかった。俺自身が結婚を望んでいないということもあって、なおさらな。仮に結婚をせざるを得ない状況になったとしても、騎士としての仕事が多く、不在になることの多い俺に代わって所領を治められる頭のよさと、孤独に耐えられる者でなければならない。それに彼女はまったくもって向かないだろう」

事実、クリストフェルがシェルを領地にと言った時に、ハンナが金切り声で『シェルなんて』と叫んでいたのをイリスも見ている。

「……そうなんですね…」

「俺が社交より魔獣討伐の方が気が楽だと言った理由が分かるだろう？」

「……どっちが楽かは…どちらも怖いです」

魔獣の恐ろしさも、口さがない人たちの恐ろしさも、イリスは知っている。

体から殺されるか、心から殺されるかの、どちらかだ。

「イリスは、何も心配しなくていい。イリスのことは、社交界に関しては母上や義姉上たちがいるし、俺も君に関することならば、社交嫌いも返上する」

クリストフェルの言葉に、イリスは頭を横に振る。

「大丈夫です。皇子は、できる限り騎士の仕事に専念してください」

「君は優しいから、心配なんだ。自分を殺そうとした相手にまで温情をかけるなど、優しすぎる」

クリストフェルはそう言ってから、ゆっくりとイリスの頬に手を伸ばした。

「もっとも、そういう君だから、好きになったんだろうと思うが」

囁くように言って、イリスに顔を近づけてきた。

そのまま貪るように口づけられて、寝着《ねまき》の上着の裾から手が入り込んできたのに、イリスは慌てる。

「…待って、ください……」

顔をそむけて口づけから逃れ、告げる。

「まだ、どこか痛むのか?」

怪我の心配をしてくれたらしいが、そうではない。

もう痛みはほとんどなく、服で隠れる場所にあざが少し残っている程度だ。

「そうじゃなくて…ここでは、その」

客間で、しかも怪我人として滞在させてもらっているという状況で、そういうことに及ぶのには抵抗があった。

「それもそうだな」

クリストフェルが理解を示した言葉を言ったので、安心したのだが、全く違っていた。クリストフェルはイリスを抱き上げると寝台に連れて行き、そしてのしかかってきたのだ。

「ここならば問題ないだろう?」

どうやら、「ここ」の意味をクリストフェルは「ソファーでは嫌だ」と取り違えたらしい。

いや、取り違えたと見せかけたのかもしれない。

なにしろ、戸惑うイリスの目に見えたクリストフェルは、楽しげに笑っていたからだ。

それに抗議する間もなく再び口づけられて、抵抗しようと試みた手も、甘く指を絡めて寝台に縫い止められてしまう。

そうなれば後はもうなし崩しだった。

寝着を脱がされ、体に愛撫の手が伸びる。

愉悦を覚えてしまった体は、些細なクリストフェルの動きにも期待して、昂《たか》ぶって蕩けてしまう。

たった一晩で作りかえられてしまった自分の体が酷く淫らに思えて仕方がないのに、

「素直な、いい体だ。……もっと俺を欲しがってくれ」

クリストフェルは、甘く囁いて愛撫の手をゆるめようとはしない。

イリス自身を扱きながら、受け入れる後ろにも指を伸ばして、ゆっくりと慣らしていく。

だが、そこで得る悦楽を知っているせいで、まだ一本しか入っていないのに、欲しがるようにしてその指を締め付けてしまう。

「こんなにきついのに、おいしそうに食べてくれる」

「……っ！」

「だが、少し緩めてもらえないか。……俺もそう、待てそうにない」

クリストフェルはそんなふうに言うが、どうしていいか分からない。

戸惑う顔でクリストフェルを見ると、クリストフェルは手に捕らえたイリスを強めに扱き立てた。

「ん、…んぅッ……ぁ、あっ」

あっという間に熱を孕み切り、先端から先走りの滴《しずく》が溢れだす。

トプトプと溢れるそれを塗りつけるようにしながら、中に埋め込んだ指でも弱い所を突き上げる。

「やぁあっ…！　あ…！」

突き抜けた衝撃に一瞬遅れて、腰が蕩けるような甘い快感にイリスは自身を弾けさせる。

「あ、っ、あ、だめ、待って出てる、から、あっ、あ」

達している最中のイリス自身から、すべて搾り取るようにしてクリストフェルは繰り返しイリスを扱き立てる。

「ゃ、あ、…ゃめ、も…、あっ、ああっ」

ぷちゅ、と最後の蜜がこぼれ落ちた後、確認するように、何度か扱かれて、つらいくらいの刺激にイリスは悶えた。

そしてイリス自身からクリストフェルの手が離れた時には、体からは力が抜けてしまっていた。

「そのまま、力を抜いていてくれ」

クリストフェルは言うと、イリスの中に埋める指を一気に三本に増やした。

「あああっ、あ！　あ」

さすがにキツくて、イリスの眉根が寄る。

だが、弱い場所を知ったクリスの指が、感じる場所ばかりを攻め立ててきた。

「あっやっ、あああ！」

ドロドロに蕩けた声を上げて喘ぐイリスの姿を、クリストフェルは可愛くて仕方がないといった様子で見つめる。

そして散々喘がせて、再び立ち上がったイリス自身から白濁交じりの新たな蜜がこぼれ落ちるまで、蕩けさせてから、やっと指を引き抜いた。

その感触だけでイリスは甘く絶頂を迎えてしまう。

「ああ、本当に可愛いな……」

クリストフェルの思う以上に愉悦に弱く、乱れるイリスの姿にクリストフェルは感嘆めいた声を漏らしながら、自身の熱塊をイリスのひくつくそこに押し当てた。

そして、ヌチュ、と濡れた音をさせながら先端を埋める。

入ってくるそれをイリスの後ろが、誘いこむように蠢いて、クリストフェルは無遠慮に深い場所まで己を突き入れた。

「あ……あっ」

ゆっくりとした動きで、律動が開始され、それだけでイリスは中で達してしまう。

「あっ、――ふ、ぁっ、あっ！」

達して震える肉襞《にくひだ》の動きを感じ取りながら、クリストフェルはイリスの中を蹂躙《じゅうりん》する。

その度にイリスは繰り返し昇り詰めた。

「あ、あ、あっ！　だめ、あっ、あ」

「そのまま、何回でも気持ちよくなるといい。ダメになって、俺のことしか考えられなくなってくれ」

優しく囁きながらも、熟れた肉襞を抉るような動きは容赦がない。

甘く何度も達しながら、愉悦の波がどんどん降り積もってしまう。

「また…、ぁ、あ、また、イく……、…ん、ン、だめ、奥、され、たら……」

臨界点を超えようとするような絶頂が迫ってくるのが分かる。

怖くて、イリスは手を伸ばし、クリストフェルにしがみつく。

その絶頂を与えようとしている本人に。

「奥までビクビクしているな」

媚びるような内壁の動きを感じながら、クリストフェルは弱い場所を狙いすまして繰り返し奥をいじめる。

「ぁ、あ…、あ、だめ、くる……、やだ、や、あっ、あぁ！」

降り積もった熱がとうとう決壊し、溢れ出る愉悦がイリスの頭の中でスパークを起こす。

「あぁああっ、あ、ああっ」

荒れ狂ったような悦楽にのみ込まれ、イリスは声にならない悲鳴を上げた。

その間も、イリスの内壁はうねって中にいるクリストフェルから少しでも悦楽を拾おうと蠕動《ぜんどう》を繰り返した。それにこたえるように、クリストフェルは腰の動きを深く大きなものにする。

「んっ、あ、あ、だめ、今、だめ」

「ああ、ダメになるといい」

逃げようとするイリスの腰をしっかりと掴んで、クリストフェルは容赦なく抽挿《ちゅうそう》を繰り返した。

そして、一度抜けるギリギリまで引き抜いて、そこからひときわ強く奥までをうがち、そこに熱を弾けさせた。

中を濡らしていくものの感触にイリスの唇がわななくように震える。

「あ、あ、あ……」

クリストフェルは何度か深い場所に切っ先を擦りつけるようにした後、緩慢な動きで自身を引き抜いた。

すぐには閉じ切らないそこから、白濁が漏れ出してくる。

クリストフェルはふっと笑って、もう一度自身を埋める。

「……っ…」

どうして、と目で問うイリスに、

「本当にすまないと思ってる」

微笑みながら言って、再び奥までイリスを満たしていった。


体を丁寧に拭われる感触に、イリスはふっと目を覚ました。

「起こしたか……すまない。どこかべたつくところはないか？　一応、一通りは拭いたが、湯あみをしたほうがいいか？」

クリストフェルが気遣って声をかけてくれる。

だが、恐らく真夜中だろう。

こんな時間に従者なり侍女なりを呼び付けて湯あみの準備を整えさせるのは申し訳がないし、何よりそうしたことが知られるのが恥ずかしい。

いや、汚れたものなどもあるし、隠し通せるわけでもないのだが、事後すぐにというのはとにかく恥ずかしい。

「……大丈夫です」

「遠慮はしなくていい。動くのがつらければ俺が共に……」

「大丈夫です」

重ねて強く言うと、クリストフェルは苦笑した。

そして拭き終えたタオルを手桶《ておけ》に戻すと、イリスの隣にもぐりこんできた。

「さっき話すのを忘れていたが、大聖堂での研修のことだ」

「はい。……いつ、戻れますか」

「いや……攫われる事件まで起きたし、今後はもうこのようなことはないかもしれないが、警備は必要になるだろう。だがそうすれば他の修道士が落ち着かないだろうから……司教や司祭とも相談したが、イリスにはこのまま皇宮にいてもらうことになった」

言いづらそうに、クリストフェルは言った。

それに、イリスは黙って頷いた。

次の祭礼まではと思っていたが、自分が戻ることで余計に迷惑になるのなら、ここにいる方がいいのだろう。

「……では、お妃教育が早めに始まるんですね。妃というのも、変な感じがしますけど」

少し笑って言うイリスに、

「それだけじゃないぞ。婚約式のための衣装を決めて、その後は結婚式の衣装がある。今度はできているものを多少変えて、なんてわけにはいかないからな。この前とは比べ物にならなない苦行になる」

細かな採寸、デザイナー選びに、衣装のデザイン選び、生地選び……とクリストフェルは指を折って挙げていく。

それにイリスは、うんざりといった顔をして、

「いっそ駆け落ちしましょうか」

笑いながら提案する。

「ああ、それがいいかもしれないな。あの食堂の女将《おかみ》が、駆け落ちするなら馬車を提供してくれると言ってくれていたから、明日にでも相談しよう」

クリストフェルの言葉に、初めて二人きりでお茶を飲んだ日のことを思い出した。

あの時はこんなふうにあの言葉を思い返すことになるなんて思わなかったなと思いながら、イリスは幸せな気持ちで目を閉じた。

皇子妃の受難

生地がずらりと並べられた皇宮内の一室で、イリスは若干、途方に暮れていた。

婚約式、および、婚儀のための衣装の生地選びである。

「婚儀は純白でお仕立てするということですので、こちらにご用意いたしました十二点から、織地の地模様をお選び下さい。婚約式の衣装は青と緑のどちらかということでしたので、それぞれ色味の違う生地を八種ずつ二色分お持ちしました」

にこやかに説明するアトリエの店主に、笑顔で応対するのは皇妃と皇太子妃、そしてリーサの女性陣である。

「まあ、どれも素敵な純白の生地ね」

「あまり地模様は大柄ではない方がよいのではありませんか？　イリス殿の清楚さを際立たせるのであれば、この辺りを」

「そうですわね。あまり小柄すぎると地味ですし」

キャッキャと楽しげで何よりだなと、現実逃避したくなるのは、ここ数日、採寸とデザイン選びで疲れているからである。

皇族と王族の婚儀ではあるが、同性同士ということもあり、大々的には行わず、フレデリクとリーサの時の半分くらいの規模で行うことが決まっているのだが、それでも決めなければならないことはかなりある。

――法衣、楽だったな……。

冠婚葬祭全てを一つで賄《まかな》える素晴らしきアイテムだったと、本気で思う。

修道服も、色と素材が違うだけで形はほぼ一緒だったので、イリスはこれまで服のデザインや色などで「何が似合うのか」など考えたこともなかった。

ラーゲルレーブにいた頃には、「王子」としてそれなりの格好をすることもあったが、それでも準備されたものを着用すればよかったので、悩まなかったのだ。

だが、ここでは違う。この前の皇帝の生誕祭の時もだったが、どんな形で襟《えり》のあきはどの程度で袖口の折り返しの形はどうで、どこにどんな刺繍《ししゅう》を入れて…などを決めなくてはならないのだ。

もちろん、ほとんどのことはデザイナーが決めてくれる。とはいえ、イリスが決めなくてはならない部分も当然ながらある。しかし、これまで服に関して一切こだわりのなかったイリスにとっては、なにがなんだか…なのだ。

自分にどんな色が似合うのか、どんなデザインならば雰囲気に合うのか、そんなことも皆目見当がつかない。

そのためイリスは当然、クリストフェルを頼る気でいた。しかし、

「婚約式は騎士の盛装で行う。婚儀に関してはイリスと合わせる必要があるから、まずイリスのデザインと生地を決めてもらってからだな」

と、ほぼ裏切りともいえるようなことを言い出したのだ。

いや、クリストフェルは騎士なのだから、騎士の盛装でというのは間違ってはいない。間違ってはいないし、これまでクリストフェルは皇子としていろいろな式典にも出ているので、様々なパターンの衣装——と言っても男性の衣装はさほど大きくデザインは変わらない——を着ているので、その中からイリスに合わせて選べるとも思う。

しかし、それでも「ずるい」とイリスは思ってしまった。実際に「ずるい」と指摘してごねたりもした。その結果というわけではないが、前回の大体のデザインを決める時には一緒にいてくれた。もちろんその時にも女性三人もいて、彼女たちが決めてくれたわけだが。

そして今回はといえば、クリストフェルは不在である。

逃げた——わけではなく、間もなく帝国の騎士団が対抗で行う剣術大会があり、その訓練に出ているのだ。

「イリス殿、ちょっとこちらに来て生地を体に当ててみて下さらない？」

リーサが言うのに、イリスは彼女たちの方に行き、順番に体に生地を当てて、地模様がうるさすぎないかだの、顔映りだのを確かめてもらう。

「地模様の大きさはやっぱりこっちね。でも、文様自体はこっちがいいんだけれど…」

「ドレスだとこちらにするにしてもフリルをあしらったりできるけれど、男の方の衣装だとそういうわけにも参りませんしね」

皇太子妃とリーサが悩ましげに言うのに、

「じゃあ、こっちの文様をこちらの生地くらいのサイズにしたものを、改めて織ってもらったらどうかしら」

皇妃が、大掛かりになりそうなことを言ってくる。

「あら、それ素敵ですわね」

皇太子妃が賛同し、リーサも頷《うなず》く。

しかし、生地から織るとなればどれだけ余計に手間と金額がかさむのかとイリスは慌てた。

「いえ、こちらの生地でお願いしたいと思います」

イリスはそう言って地模様の大きさがいいと言っていた方の生地を推した。

「あら、それが気に入ったの？」

皇妃が言うのに、イリスは頷く。金銭感覚が修道士のままなので、本当は用意された生地の全てが高価すぎて、選ぶのが怖いくらいだ。

「じゃあ、イリス殿がそう言うならこちらで決定しましょうか」

納得してもらえて、イリスがほっとしたのもつかの間、次は婚約式の生地選びだ。

「困ったわね…どれも似合うから選べないじゃない」

真顔で皇妃が言うのに、皇太子妃とリーサも頷く。

「濃い色はどうなのかしらと思いましたが、濃い色は濃い色でイリス殿の気品が際立ちますしね」

「淡い色だと妖精のようですし……悩ましいですわ」

三人がため息をついた時、侍女が皇妃に近づいてきた。

「クリストフェル皇子とコンラード皇子がいらっしゃいましたが、お通ししてよろしいでしょうか？」

「コンラードはお昼寝が終わったのだろうけれど、クリストフェルまで？」

皇妃はやや驚いた顔をしたが、入るように伝えた。

少しするとクリストフェルよりも早くコンラードが部屋の中へと走って入って来た。

「ははうえ、イリスどの！」

走ってきた勢いのままに、コンラードはリーサに抱きつく。

「コンラード、皇妃様と皇太子妃様にご挨拶を」

リーサが言うのに、コンラードは小さいながらもきちんとした礼の形を取り、

「おばあさま、こうたいしひさま、こんにちは」

挨拶をする。その姿に皇妃と皇太子妃は微笑《ほほえ》む。

それに続いて、ゆっくりと近づいてきたクリストフェルが、

「皇妃様、皇太子妃様、リーサ義姉上《あねうえ》、ご機嫌いかがですか」

コンラードと同じように、礼の形を取って挨拶をする。

「すこぶるいいけれど、嬉しい悩みに頭を使っていたところよ」

皇妃が笑いながら言ってから、

「今日は訓練だったのでしょう？　結局気になって早く戻ったの？」

と続けた。

「雨が降ってきたので訓練は中止に」

その言葉に窓の外を見ると、確かに雨が降っていた。

「あら、いつの間に」

「ぼくがおひるねからおきたときには、もうふってたよ」

コンラードは情報を付け足してから、

「イリスどののけっこんしきのおようふく、きまったの？」

そう聞いてきた。

「悩んでいたところよ。ちょうどいいわ、二人にも意見を聞きましょうか」

皇妃の言葉で、もう一度、婚約式の布を一枚ずつ当ててみせることになった。

「……どれも似合うな」

呟いたクリストフェルの言葉に、コンラードも「ぜんぶ、すごくきれい」と頷き、皇妃たちは『やっぱり同じ感想か』と苦笑する。その中、コンラードが聞いた。

「けっこんしきのときは、どれにするの？」

「こちらをお選びになりました」

すぐさま、アトリエの店主がイリスの選んだ純白の生地を持って来てイリスに当てる。

「まっしろ。まるで、てんしさまか、ようせいさんみたい」

にこにこしながら言った後、

「こんやくしきのおようふくも、いろがうすいと、ようせいさんみたいできれいだけど、ようせいさんはけっこんしきのときにもみられるから、こいいろのおようふくの、きれいでかっこういいイリスどのがいいなぁ」

的確に自分の欲望に沿った意見を言ってくる。だが、それは貴重な意見だった。

「それもそうね。がらりと印象を変えた方がいいわね」

「クリストフェル皇子は、婚約式では騎士の盛装でしたわね？　黒に金糸の刺繡の……」

皇妃に続いて皇太子妃が確認するようにクリストフェルに問う。それにクリストフェルは頷いた。

「だったら、緑よりは青ね。青の濃い色をもう一度当てて頂戴《ちょうだい》」

皇妃が言い、店主が言われた青の生地を、濃い方から二つ選んで左右に掛ける。

「濃すぎるとクリストフェルの黒に負けるか同化しそうね。鮮やかな方の青がいいと思うけれど……どうかしら？」

皇妃の提案は、衣装選びに苦痛を感じるタイプのイリスとクリストフェルにとって福音だった。

「私は、客観的に見られないのでよく分からないのですが、皇子、どうでしょうか？」

「俺も、それでいいと思う。イリス殿の品の良さが一層際立つ」

クリストフェルの返事に皇妃は満足げに頷いてから、店主に「では、その二つの生地で」と指示を出す。

それにイリスとクリストフェルの二人は目配せをして「早めに終わってよかった」と共感し合ったのだが、

「次は小物選びがいろいろあるわね。まず宝冠と指輪ね。首飾り……は無しだから……ああその分カフスに凝って」

「あら、素敵ですわ。どんな宝石がいいかしら」

「そう言えば、隣国の新しい鉱脈から新種の宝石が見つかったとか。それを一度取り寄せてみません？」

女性三人は新たなる目標に向かってキャッキャキャッキャと楽しげに話し始める。

「本当に楽しみが多いわ。ね、クリストフェル、イリス殿？」

皇妃に同意を求められ、クリストフェルとイリスは、内心の「逃げたい感」を押し殺し、笑顔で頷くのだった。

あとがき

こんにちは。早めにやってきた夏の暑さに、クーラーのあるリビングに避難し、そこで仕事をしている松幸かほです。

今年も、部屋の片づけができぬまま私室へのクーラー未設置でございます！　来年こそは……、来年こそは……！（と、毎年書いてる気がする）

という安定の汚部屋報告を済ませ、今回、なんと初めてのファンタジーです！

いや、いつも書いてるのも大概ファンタジーなんですけど、そういう意味でなく、異世界物です。

編集さんとお話をしていて「異世界いっちゃう？　やっちゃう？」的なノリで今回の話を書かせていただいたのですが…ど、どうでしょうか。

異世界となると、その世界の法律から何から、すべて好き放題やれるのという楽しさがあったのですが、その世界設定の上手な入れ込み方が分からず……異世界物を書かれている作家さんってすごいなと思いました。

不憫な王子様と、イケメン騎士な皇子様の恋に、今回も可愛いちみっこを盛りました。

ちみっこを書かなきゃ死ぬ病にでもかかってるのかと疑われそうな勢いですが……自分でもどうしてさらりとプロットにちみっこを入れてしまうのか、分からないのです（もはや重病）。

でも！　今回はこの重病のおかげで超眼福なことが！
鈴倉温先生の描いてくださったコンラードが、めっちゃ可愛くて！！！　キャラうフを
いただいた後の私の担当編集様への返信タイトルが「私もうショタを名乗って生きていく」
になる勢いでした。
しかし鈴倉先生でございますよ……ちみっこが可愛いだけではなく、クリストフェルのイ
ケメンなこと！　え、なに？　王子様？　あ、皇子様だったわ……って脳内が一発で混乱す
る格好良さ。そしてイリスの可憐さが……もう本当にいろんな意味で眼福が過ぎる。
鈴倉先生、本当にありがとうございました！

今回もいろいろな皆様方にご迷惑をおかけしつつ、この本を無事に出させていただくこと
ができました。
本当にありがとうございます。
世の中の動きがいろいろありすぎて、心配になったり、不安になったりしがちですが、読
んでくださる皆様に、少しでも笑顔になっていただけたらいいなと思います。
これからも頑張っていく所存ですので、何卒よろしくお願いします。

二〇二二年　来年の夏こそクーラーを私室にと誓う七月初旬　松幸かほ

✦初出　騎士皇子は聖職者に溺愛を捧ぐ……………書き下ろし
皇子妃の受難………………………………書き下ろし

松幸かほ先生、鈴倉温先生へのお便り、本作品に関するご意見、ご感想などは
〒151-0051 東京都渋谷区千駄ヶ谷 4-9-7
幻冬舎コミックス　ルチル文庫「騎士皇子は聖職者に溺愛を捧ぐ」係まで。

幻冬舎ルチル文庫

騎士皇子は聖職者に溺愛を捧ぐ

2022年8月20日　　第1刷発行

✦著者　松幸かほ　まつゆき かほ

✦発行人　石原正康

✦発行元　株式会社 幻冬舎コミックス
〒151-0051 東京都渋谷区千駄ヶ谷 4-9-7
電話 03(5411)6431［編集］

✦発売元　株式会社 幻冬舎
〒151-0051 東京都渋谷区千駄ヶ谷 4-9-7
電話 03(5411)6222［営業］
振替 00120-8-767643

✦印刷・製本所　中央精版印刷株式会社

✦検印廃止

ISBN978-4-344-85105-4　C0193　Printed in Japan